EDGAR WALLACE

Die gebogene Kerze

THE CLUE OF THE TWISTED CANDLE

Kriminalroman

Wilhelm Goldmann Verlag

Aus dem Englischen übertragen von
Gregor Müller

Herausgegeben von Friedrich A. Hofschuster

Gesamtauflage: 272 000

Made in Germany · 1/82 · 12. Auflage

Umschlagentwurf: Atelier Adolf & Angelika Bachmann, München
Umschlagfoto: Photo Media, New York
Gesamtherstellung: Mohndruck Graphische Betriebe GmbH, Gütersloh
Krimi 169
Lektorat: Friedrich A. Hofschuster · Herstellung: Peter Sturm
ISBN 3-442-00169-2

Edgar Wallace im Goldmann Verlag

1922 wird der Goldmann Verlag in Leipzig gegründet.

1926 veröffentlicht Goldmann die beiden ersten ins Deutsche übersetzten Kriminalromane des schon weltbekannten Edgar Wallace. Und nur ein Jahr später, nach der sensationellen Uraufführung von »Der Hexer« am Deutschen Theater in Berlin (Regie: Max Reinhardt), bricht das Wallace-Fieber aus. Goldmann hat damit eine neue Literaturgattung in Deutschland etabliert: den Kriminalroman.

1932 stirbt Edgar Wallace in Hollywood. Als der Sarg nach England überführt wird, ist im Hafen von Southampton halbmast geflaggt und in Londons legendärer Zeitungsstraße, der Fleetstreet, läuten die Glocken: Großbritannien erweist seinem berühmten Sohn die letzte Ehre.

1952 kommen die ersten Goldmann Taschenbücher auf den Markt. In der Reihe Goldmann Rote Krimi erscheinen im Laufe der nächsten drei Jahrzehnte sämtliche Kriminalromane von Edgar Wallace mit überwältigendem Erfolg. Über 40 Millionen Exemplare haben von 1926 bis heute ihre Leser gefunden. Und allein in Deutschland wurden 30 Kriminalromane von Edgar Wallace verfilmt.

1982 erscheinen zum 50. Todestag alle 82 Kriminalromane in einer einmaligen Sonderausgabe und ein Edgar Wallace-Almanach.

I

Infolge der Entgleisung, die in der Nähe von Three Bridges die Linie blockierte, erreichte der 4.15-Zug von London den kleinen Bahnhof Beston Tracey so spät am Abend, daß der letzte Bus, die einzige Verbindung zwischen Bahnhof und Dorf Little Tracey, bereits abgefahren war.

»Wenn Sie sich eine knappe halbe Stunde gedulden wollen, Mr. Lexman«, schlug der Bahnbeamte dem späten Passagier vor, »könnte ich Briggs mit seinem Wagen aus dem Dorf kommen lassen.«

Der Ankömmling warf einen kurzen Blick in die regennasse Umgebung und zuckte die Achseln.

»Nein, lassen Sie nur –«

Er gab dem Mann seinen kleinen Koffer zur Aufbewahrung, knöpfte den langen Regenmantel bis unters Kinn zu und trat entschlossen auf die Straße hinaus.

Das anfängliche Rieseln hatte sich in einen soliden Landregen verwandelt. Bevor John Lexman den fast drei Kilometer langen Weg zum Dorf unter die Füße nahm, zündete er sich im Schutz eines dichtbelaubten Baumes seine Pfeife an und schritt dann tapfer in den Regen hinaus. Er freute sich auf den vor ihm liegenden nächtlichen Marsch. War doch der Weg zwischen dem Bahnhof und seinem Heim – Beston Priory – mit durchwegs angenehmen Erinnerungen verknüpft. Auf dieser Straße hatte er den Entschluß gefaßt, den Roman zu schreiben, der ihn später berühmt machen sollte. Hier waren die Gestalten geboren, die Handlungsfäden gesponnen worden, die sein Erstlingswerk ›Das Geheimnis von Tilbury‹ zum Kriminalroman des Jahres gemacht hatten. Auf dieser kurzen Strecke zwischen dem Bahnhof und seinem Heim hatte er das Fundament zu Ruhm und Wohlstand gelegt. Sein Pseudonym ›George Standish‹ war zum Banner geworden, unter dem sich eine täglich wachsende Lesergemeinde sammelte. Was machte es ihm aus, daß ihn eine neidische Welt als Schauerromanschreiber bespöttelte?

Während er die morastige Landstraße entlangstapfte, beschäftigten sich Lexmans Gedanken mit den Verhandlungen des heutigen Vormittags. Es war ihm gelungen, zwei Abschlüsse zu tätigen, die nicht nur literarisch verlockend für ihn waren, sondern ihm auch große finanzielle Vorteile bringen mußten. Dann hatte er seinen Freund T. X. Meredith, den aufgehenden Stern am Himmel Scotland Yards, getroffen und sich über die Begegnung herzlich gefreut. Denn er war es gewesen, der in seiner stürmisch sprunghaften Art ihn zuerst auf den Gedanken gebracht hatte, sein Glück als Kriminalschriftsteller zu versuchen. Er hatte ihm, John Lexman, seine Erfahrung zur Verfügung gestellt und Einblicke vermittelt, die es dem Neuling ermöglichten, gleich mit seinem Erstlingswerk einen durchschlagenden Erfolg zu erringen.

Doch die freundlichen Erinnerungen wichen weniger angenehmen, als John Lexman jetzt den Hügel zu seinem Haus hinaufstieg. Seine Stirn legte sich in Falten, als er das Gittertor öffnete und sein Grundstück betrat. Die heutige stürmische Unterredung mit dem verdammten Griechen fiel ihm wieder ein, und als er ein paar Minuten später die überdachte Veranda durchschritt, um die Diele zu erreichen, war es ihm immer noch nicht gelungen, den lästigen Gedanken daran loszuwerden.

Das Haus ›Beston Priory‹ verdiente kaum den stolzen Namen, der ihm von längst verstorbenen Seelenhirten zugedacht worden war. Abgesehen von den dicken Mauern glich es mehr einem kleinen Landhaus. Doch die Spitzbogenfenster, der altertümliche Bau, die bleigefaßten Fensterscheiben und der verwilderte Garten waren für den gegenwärtigen Bewohner eine ständige Quelle des Stolzes und der Freude.

John Lexman legte in der unbeleuchteten Diele seinen triefenden Regenmantel ab. Sicher war Grace oben, um sich für das Abendessen umzuziehen. Warum sollte er sie jetzt schon aufsuchen? Der Gedanke an die Auseinandersetzung mit dem Griechen hatte ihn von neuem verstimmt.

Ein lustig flackerndes Feuer begrüßte ihn, als er sein Arbeitszimmer betrat. Er zog die durchnäßten Schuhe aus und knipste die Schreibtischlampe an. Der Raum strahlte eine behagliche Wärme aus. Große, lederbezogene Sessel standen vor dem Kamin, Bücherregale füllten die eine Längswand vollständig aus, auf dem mächtigen Schreibtisch aus Eichenholz lagen einige Bücher und Manuskripte herum.

Lexman trat, an seiner Pfeife ziehend, ans Kaminfeuer und starrte in die Flammen. Die breiten Schultern, die straffe Haltung gaben der gedrungenen Gestalt etwas Sportliches. Das Gesicht mit der gesunden braunen Tönung war hager und verriet Energie. Die grauen, tiefliegenden Augen wurden von buschigen Brauen überschattet, die auf den ersten Blick ein wenig abstoßend wirkten. Lexman verkörperte den typischen Engländer, wie er überall, bis in die fernsten Winkel der Kolonien, anzutreffen ist.

Die Tür wurde leise geöffnet, und Grace Lexman, die Frau des Hauses, trat freundlich lächelnd ein. John ging ihr entgegen.

»Ich hatte keine Ahnung, John, daß du zurück bist. Erst als ich ...« Sie unterbrach sich.

»... die große Pfütze in der Diele sah!« vollendete er den Satz. »Ich kenne dich, Spiegelberg!« zitierte er lachend.

Sie stimmte in das Lachen ein, wurde aber gleich wieder ernst.

»Ich bin froh, daß du endlich da bist. Wir haben Besuch.«

Er blickte sie überrascht an.

»Besuch? Wer kann uns bei diesem Wetter aufgesucht haben?«

»Mr. Kara ist hier!« antwortete sie mit eigenartiger Betonung.

»Kara? Was du nicht sagst! Ist er schon lange hier?«

»Seit vier.«

Ihr Ton verriet jetzt deutlich, daß ihr der Besuch wenig Freude bereitet hatte.

»Ich begreife nicht, Grace«, meinte der Gatte neckend, »was du gegen einen so sympathischen Menschen haben kannst?«

»Glaube mir – ich habe Ursache genug, ihn nicht besonders gern hier zu sehen«, entgegnete sie heftiger, als es sonst ihre Art war.

»Lassen wir das –«, unterbrach er nach kurzem Überlegen. »Eigentlich ist es mir gar nicht unlieb, daß er heute gekommen ist. Wo steckt er denn?«

»Im Salon.«

Der so bezeichnete Raum hatte schon den Prioren zu Empfangszwecken gedient. Bequeme Armstühle, ein riesiger Flügel, ein beinah mittelalterlich anmutender, mit grünen Kacheln ausgelegter Kamin, ein etwas beschädigter, aber immer noch farbenfroh leuchtender Teppich und zwei Silberleuchter gaben dem großen Raum das Gepräge. Zwei kleine Bronzevasen waren bis an den Rand mit Veilchen gefüllt, eine dritte große enthielt Heckenrosen und eine weitere Feldblumen.

Als der Hausherr den Salon betrat, erhob sich der Besucher und kam ihm entgegen. Kara war ein Mann, der die Bezeichnung ›schön wie Apoll‹ mit vollem Recht verdiente. Er mochte fast einen Kopf größer als Lexman sein, bewegte sich aber mit einer Grazie und Behendigkeit, daß die überragende Körperlänge kaum bemerkt wurde.

Die beiden Männer tauschten einen kräftigen Händedruck.

»Ich versuchte Sie vergeblich in London zu erreichen, Mr. Lexman«, begann Kara die Unterhaltung, »und da ich auf das Vergnügen, Sie zu sehen, nicht verzichten wollte, entschloß ich mich zur Fahrt hierher . . .«

Nicht der geringste Akzent in seiner Aussprache verriet die griechische Abstammung, denn er hatte schon seine Jünglingsjahre in einer englischen Schule verbracht.

»Sie bleiben doch zum Essen, Kara, nicht wahr?«

Der Gast wandte sich mit einem Lächeln der Hausfrau zu, die ihrem Gatten in den Salon gefolgt war. Ihre Miene gab deutlich zu erkennen, daß sie von der Einladung keineswegs entzückt war.

»Ich würde mich freuen«, sagte sie förmlich. »Das Wetter ist fürchterlich, und in der Nähe dürften Sie kaum etwas zu essen bekommen. Sie müßten also damit warten, bis Sie wieder in London sind. Nur – es fragt sich, ob Sie das, was ich Ihnen vorzusetzen vermag, als vollwertige Mahlzeit akzeptieren werden.«

»Bemühen Sie sich nicht – ich bin mit wenig zufrieden«, beruhigte sie der Grieche. Mit einer knappen Verbeugung wandte er sich von ihr ab und wieder dem Hausherrn zu. Die junge Frau benützte die Gelegenheit, um unauffällig zu verschwinden.

Die Konversation der beiden Männer war bald bei einem recht naheliegenden Thema angelangt. Denn – worüber unterhält man sich mit einem Kriminalromanautor?

»Vielleicht fühlen Sie sich geschmeichelt«, meinte Kara, »wenn Sie erfahren, daß ich Ihre sämtlichen Werke gelesen habe.«

»Um Gottes willen!« wehrte Lexman ab. »Dann kann ich Sie nur bedauern.«

»Warum? Ich wüßte nicht, warum ich deshalb zu bedauern sein

sollte. Jedenfalls – an Ihnen ist ein großer Rechtsbrecher verlorengegangen.«

»Das soll wohl ein Kompliment für mich sein, wie?« erkundigte sich Lexman belustigt.

»Entschuldigen Sie, wenn das Kompliment etwas doppelsinnig ausgefallen ist. Ich meinte natürlich nur die Art und Weise, wie Sie in Ihren Romanen Verbrechen konstruieren und Ihre Helden handeln lassen. Wie oft haben sich meine Schlüsse und Spekulationen hinsichtlich der Auflösung der Probleme als falsch erwiesen. Ich werde immer wütend, wenn es mir, nachdem ich die Hälfte gelesen habe, nicht gelungen ist, Ihre Absichten zu durchschauen. Immerhin – einige Male ist es mir schon nach dem vierten oder fünften Kapitel gelungen.«

»Sie berauben mich einer großen Illusion! Bisher war ich der Meinung, den Knoten stets so geschürzt zu haben, daß seine Entwirrung vor dem ›Finish‹ unmöglich ist.«

»Das mag zutreffen«, stimmte Kara zu, »soweit es sich um den Durchschnittsleser handelt. Sie dürfen aber nicht vergessen, daß ich in der Kriminalliteratur recht bewandert bin und außerdem ein Flair für kombinatorische Aufgaben habe.«

»Wenn es sich so verhält«, erwiderte Lexman, »dann dürfte die Bekanntschaft mit einem Mann, wie mein Freund T. X. es ist, außerordentlich interessant für Sie sein.«

»T. X.?« wiederholte Kara.

»T. X. Meredith, der scharfsinnigste Mensch, der mir je begegnet ist. Wir studierten zusammen in Caius und sind dort Freunde geworden. Er ist Chefinspektor bei Scotland Yard.«

Ein rascher Funke im Blick des Griechen verriet deutlich sein Interesse für den ihm unbekannten Meredith. Zweifellos wäre das Gespräch fortgesetzt worden, wenn nicht in diesem Augenblick zu Tisch gebeten worden wäre.

Die Mahlzeit verlief, da die Hausfrau sich an den Gesprächen der beiden Männer nur wenig beteiligte, nicht besonders kurzweilig. Mrs. Lexman wußte selbst nicht, warum sich ihrer ein so niederdrückendes Gefühl des völligen Verlassenseins bemächtigt hatte. Wie eine Ahnung kommenden Unheils lag es auf ihrem Gemüt. Sie rief sich während der Mahlzeit die Ereignisse des heutigen Tages ins Gedächtnis zurück, um einen Grund für ihre merkwürdige

Stimmung zu finden. Die Morgenpost hatte nur angenehme Nachrichten gebracht, und auch im Haus war nichts vorgefallen, das sie aus dem Gleichgewicht hätte bringen können. Sie ahnte wohl seit einiger Zeit, daß John bei seinen Spekulationen in Goldminenaktien schwere Verluste erlitten haben mußte – sie hatte ihn sogar in Verdacht, sich Geld geborgt zu haben, um diese Verluste auszugleichen –, wußte aber auch, daß sich die finanziellen Aussichten ihres Gatten seit dem letzten großen Bucherfolg ständig verbesserten. Sie glaubte nicht, daß ihn eigentliche finanzielle Sorgen drückten, und zerbrach sich deshalb über diese Angelegenheit nicht weiter den Kopf.

»Die Herren werden wohl den Kaffee im Arbeitszimmer nehmen, nicht wahr? Ich bitte, mich jetzt zu entschuldigen, ich möchte mit Mrs. Chandler noch Haushaltsangelegenheiten besprechen.«

Sie nickte dem Gast zu, strich im Hinausgehen dem Gatten übers Haar und verließ das Zimmer. Kara folgte ihr mit den Blicken, bis die Tür sich hinter ihr geschlossen hatte.

Lexman erhob sich.

»Ich möchte mit Ihnen noch eine kleine Sache besprechen«, sagte er.

»Ich stehe Ihnen gern zur Verfügung«, erwiderte der Grieche höflich.

Die beiden Herren begaben sich ins Arbeitszimmer und nahmen in den bequemen Lehnsesseln Platz. Als das Mädchen Kaffee und Likör serviert und den Raum wieder verlassen hatte, unterhielten sie sich über die Einrichtung des Zimmers. Kara liebte alles, was bequem und heimelig war – er gab seinem Bedauern Ausdruck, daß es ihm mit all seinem Geld nicht gelungen sei, sein Heim auch nur halb so gemütlich zu gestalten wie Lexman das seine.

»Sie ziehen beim Arbeiten wohl auch mildes, gedämpftes Licht vor?« fragte er, als der Hausherr die Schreibtischlampe anknipste und auf einem der herumliegenden Manuskriptblätter eine kleine Korrektur anbrachte. »Ich selbst halte es genauso – nur das flakkernde, unruhige Licht einer Kerze ist mir bis in die Seele verhaßt.«

Er zeigte auf den Kaminsims, auf dem sich zwei Silberleuchter mit insgesamt sechs Kerzen befanden.

»Mein Gott«, verwunderte sich Lexman, »was haben Sie denn gegen Kerzen?«

Kara antwortete nicht gleich. Er zuckte die Achseln. Nach einer Weile sagte er:

»Lassen Sie sich einmal auf einem Stuhl festbinden, unter dem sich ein Fäßchen Schießpulver befindet. Denken Sie sich dazu eine immer tiefer brennende Kerze, die jemand, der Sie haßt, in das Schießpulver hineingesteckt hat ...«

Erstaunt sah Lexman, daß auf der Stirn seines Gastes dicke Schweißperlen standen.

»Wie Sie dieses Erlebnis schildern, dürfte es kaum besonders angenehm gewesen sein.«

Kara trocknete sich mit einem seidenen Taschentuch die Stirn.

»Es war entsetzlich!«

»Wo haben Sie denn diese böse Erfahrung gemacht?«

»Vor vielen Jahren, in meiner Heimat, in Albanien. Soviel Zeit seither auch verstrichen sein mag – vergessen kann ich das Erlebnis nicht. Jene Teufel lassen mich ja auch heute noch nicht in Ruhe.«

Wie es dazu gekommen war, und wie jene entsetzlichen Minuten endeten, darüber gab Kara keinerlei Auskünfte. Langsam ging er an den Regalen entlang, zog da und dort ein Buch heraus. Schließlich schwenkte er einen dicken Wälzer.

»›Wildes Brasilien‹«, las er laut den Titel vor. »Von George Gathercole. Kennen Sie den Verfasser?«

John, der eben im Begriff war, seine Pfeife neu zu stopfen, nickte. »Ich bin ihm schon einmal begegnet. Er ist schweigsam wie ein Trappist, kurz angebunden und, wie alle Menschen, die etwas erlebt haben, zugeknöpft bis über die Ohren.«

Der Grieche blätterte zerstreut in dem Buch.

»Das Vergnügen, seine Bekanntschaft zu machen, steht mir noch bevor – dessenungeachtet unternimmt er auf meine Kosten eine neue Reise.«

»Auf Ihre Kosten? Für Sie?«

»Ja. Sie haben vielleicht davon gehört, daß er vor einiger Zeit eine Reise nach Patagonien angetreten hat? In seinem Werk ›Das Gebirgssystem Südamerikas‹ erwähnte er so nebenbei, daß in Patagonien viel Gold vorhanden sein müsse. Da mich sein Hinweis interessierte, schrieb ich ihm. Wir wurden schnell einig. Ich habe ihm das Geld für die Ausrüstung der Expedition gegeben, und er ist abgereist.«

»Sie haben ihm, ohne ihn persönlich zu kennen, Geld für die Reise zur Verfügung gestellt? Der Teufel soll mich holen, wenn Ihnen das ähnlich . . .«

Lexman unterbrach sich, um nicht gar zu unhöflich zu werden.

»Ähnlich sieht – wollten Sie sagen, nicht wahr? Im allgemeinen gehöre ich tatsächlich nicht zu den Leuten, die sich auf Treu und Glauben an jeder plausiblen Sache beteiligen. In diesem Fall aber bin ich von meinen Prinzipien abgewichen. Das tut ja jeder Mensch einmal in seinem Leben. Aus dem Briefwechsel ersah ich, daß ich es mit einem außergewöhnlichen Menschen zu tun haben mußte. Ich hatte ihn zwar, bevor er in meinem Auftrag London verließ, eingeladen, mit mir zu speisen. Statt seiner aber kam nur ein kurzes Telegramm aus Southampton, worin er seine Abreise von England mitteilte.«

Lexman nickte verständnisvoll.

»Ich beneide Gathercole um sein interessantes Leben. Wie lange wird er diesmal wegbleiben?«

»Drei Jahre«, sagte Kara, während er mit der Inspektion der Bücherreihen fortfuhr.

»Wie gut haben es doch die Schriftsteller, die beruflich reisen können! Sind sie nicht viel besser dran als wir, die wir, hinter dem Schreibtisch sitzend, die Erlebnisse erst ausbrüten müssen.«

Kara wandte sich brüsk um. Mit einem bedeutsamen Unterton in der Stimme und mit dem charakteristischen Näseln des Oxfordstudenten rief er aus:

»Haben Sie Grund zum Klagen? Sie leisten schöpferische Arbeit, die so interessant ist, wie man sie sich nur wünschen kann! Der arme Gathercole muß das, was er beschreibt, erleben – Ihnen steht eine Welt voller Phantasie offen. Sie können Menschen schaffen, leiden lassen und zerstören, Spannungen erzeugen, Ihre Leser hinreißen oder ungestraft enttäuschen. Sie führen Verwicklungen herbei, schürzen Knoten und lösen sie wieder – nicht wie es im wirklichen Leben geschieht, sondern wie es in Ihr Konzept paßt. Nach Ihrem Gutdünken verteilen Sie Freud und Leid, Gerechtigkeit und Ungerechtigkeit.«

Der Gemaßregelte mußte lachen, verdutzt über diese leidenschaftliche Zurechtweisung.

»Von Ihrem Standpunkt aus mögen Sie recht haben«, erwiderte er.

»Und –«, fuhr der andere pathetisch fort, »besitzen Sie nicht auch das, was einen Mann am glücklichsten zu machen geeignet ist – eine unvergleichliche Frau?«

Blitzschnell wandte sich Lexman dem Gast zu, denn die auffallende Betonung, mit der die Frage vorgebracht worden war, ging entschieden zu weit.

»Ich weiß wirklich nicht, wie Sie dazu kommen ...«

Kara lächelte.

»Bitte, fassen Sie meine Worte nicht als Unverschämtheit auf, Lexman. Sie wissen doch, daß ich mich früher selbst um Grace beworben habe? Als ich schließlich meine Hoffnung, sie zu erringen, begraben mußte, waren meine Gefühle Ihnen gegenüber nicht gerade freundschaftlicher Natur. Das werden Sie doch wohl verstehen, nicht wahr?« Trotz der leisen Drohung, die in seinen Worten mitschwang, bemühte er sich um einen scherzenden Ton. »Ich bin ein moderner Grieche und keineswegs so philosophisch veranlagt wie die alten Hellenen. In mir brennt die Leidenschaft heißer als bei euch kalten Nordeuropäern. Bisher hat mir das Leben fast alles gegeben, was ich von ihm verlangte. Das ist der Grund, warum meine Ansprüche sich zuweilen so hartnäckig versteifen.«

»Ja«, antwortete Lexman, »ich weiß, daß Sie ein glücklicher Mensch sind.«

Ein kurzes Schweigen trat ein. Dann schnitt Kara ein neues Thema an.

»Was haben Sie mit Vassalaro gehabt?«

Lexman erhob sich und ging langsam zum Kamin, ohne zu antworten, so daß Kara fortfuhr:

»Habe ich Sie nicht vor diesem Menschen gewarnt? Haben Sie vergessen, wie oft ich Ihnen sagte, daß meine Landsleute nicht leicht zu behandeln sind?«

»Er hatte mir aber doch jedes Entgegenkommen zugesichert«, beklagte sich Lexman. »Schon als ich mit ihm in Geschäftsverbindung trat, beruhigte er mich, da ich Befürchtungen wegen der Rückzahlung äußerte.«

»Um jetzt jedes Zugeständnis abzuleugnen, nicht wahr? Das werden Sie bei Geldverleihern recht häufig finden. Wenn man mit solchen Leuten Geschäfte macht, muß man sich an Wortbrüche gewöhnen. Sie haben von Anfang an einen Fehler gemacht, als Sie sich an Vassalaro wandten statt an mich. Ich hätte Ihnen mit jedem Betrag aushelfen können.«

»Gerade das wollte ich unter keinen Umständen«, sagte Lexman mißmutig. »Den Grund kennen Sie, Mr. Kara, denn Sie haben ihn vorhin selbst erwähnt. Ich wußte seit langem, daß Sie Grace verehrten.«

»Wie hoch ist Ihre Schuld bei Vassalaro?« fragte Kara nach kurzem Schweigen und betrachtete seine wohlgepflegten Fingernägel.

»Zweitausendfünfhundert Pfund. Nicht den zwanzigsten Teil davon könnte ich aufbringen – wenigstens im Augenblick nicht.«

»Glauben Sie, daß sich Vassalaro gedulden wird?«

Lexman hob zweifelnd die Schultern.

»Entscheiden Sie selbst, ob er es tun wird, Sie kennen ihn ja besser als ich. Ich habe kein Recht, Ihnen Vorwürfe zu machen, obschon Sie es waren, der mich mit ihm zusammengebracht hat.« Da Kara nur stumm nickte, ohne etwas zu erwidern, sprach Lexman weiter: »Die Unterredung, die ich mit diesem modernen Shylock hatte, bereitete mir die peinlichste Viertelstunde meines Lebens. Ich hatte ursprünglich ganz auf den Erfolg meines Theaterstücks vertraut und deshalb mein Zahlungsversprechen für einen bestimmten Tag gegeben. Leider aber war es mir aus verschiedenen Gründen nicht möglich, den Termin einzuhalten.«

»Das ist leicht verständlich«, meinte Kara. »Weiß Ihre Frau etwas von dieser Sache?«

»Nur wenig.« Unruhig ging John im Zimmer auf und ab. »Natürlich schrecke ich davor zurück, ihr reinen Wein einzuschenken. Was hätte es auch für einen Zweck, ihr den unangenehmen Auftritt, den ich mit Vassalaro hatte, zu schildern?« Er schwieg einen Augenblick. »Wissen Sie, daß der Mensch gedroht hat, mich, falls ich nicht zahle, zu ermorden?« Als Lexman seinen Gast lächeln sah, erregte er sich. »Ich kann eine solche Drohung keineswegs amüsant finden. Ich mußte mich mit Gewalt zurückhalten, um den Schuft nicht beim Kragen zu packen.«

Beruhigend legte ihm Kara die Hand auf den Arm.

»Ich mußte«, entschuldigte er sich, »bei dem Gedanken lachen, daß ausgerechnet Vassalaro jemand ermorden könnte. Er ist der größte Feigling, den ich je kennengelernt habe. Was aber mag ihn bewogen haben, gegen Sie so ausfällig zu werden?«

»Er entschuldigte sich damit, daß auch er von dritter Seite gedrängt werde. Vielleicht ist es so, denn er war ganz kopflos vor Angst um sein Geld. Hätte ich nicht diesen Eindruck gehabt, ich glaube, ich hätte ihn geohrfeigt, um ihm eine Lektion für seine Frechheiten zu erteilen.«

Kara blieb vor Lexman stehen und betrachtete ihn mit väterlichem Wohlwollen.

»Sie regen sich auf, weil Ihnen für Charaktere, wie Vassalaro einer ist, das Verständnis fehlt. Er ist feig wie ein Schakal. Er mag, wenn er Ihnen droht, ein Arsenal von Waffen bei sich haben, aber zeigen Sie ihm Ihren Revolver, halten Sie ihm die Mündung vor die Nase – er wird wie eine Fischblase zusammenschrumpfen! Haben Sie überhaupt eine Schußwaffe im Haus?«

»Im Haus – ja, aber Sie glauben doch nicht etwa, ich würde damit dramatische Szenen aufführen?«

»Das hat mit Dramatik gar nichts zu tun«, sagte Kara. »Wenn man unter Wölfen ist, muß man mit ihnen heulen. Wenn Sie es mit einem griechischen Halunken zu tun haben, dann müssen Sie sich eben, wohl oder übel, seinen Methoden anpassen, um nicht den kürzeren zu ziehen. Verprügeln ist sinnlos – er wird es Ihnen nie vergessen und sich bei erster Gelegenheit an Ihnen zu rächen versuchen. Und nicht nur Sie wären seiner Rache ausgesetzt, auch Ihre Frau würde darunter zu leiden haben. Auf einen groben Klotz gehört ein grober Keil. Halten Sie ihm im richtigen Augenblick die Pistole unter die Nase, und die Wirkung wird nicht auf sich warten lassen. Wo haben Sie Ihre Schußwaffe?«

Lexman ging zum Schreibtisch, öffnete eine Schublade und nahm einen Browning heraus.

»Hier!« Lachend hob er die Waffe. »Ich habe noch nie einen Schuß daraus abgegeben. Irgendein unbekannter Verehrer aus dem Leserkreis hat ihn mir vorige Weihnacht zugesandt.«

»Ein merkwürdiges Weihnachtsgeschenk«, meinte Kara und betrachtete interessiert die Waffe. »Können Sie überhaupt damit umgehen?«

»Versucht hab' ich es noch nie, aber ich weiß, daß man das Magazin hier hineinstecken und, um jemand zu treffen, abdrücken muß. Da mir jedoch die Patronen fehlen – der unbekannte Spender hat versäumt, sie mitzuliefern –, konnte ich das Ding bisher nicht ausprobieren.«

Es klopfte an der Tür.

Das Mädchen brachte einen Eilbrief herein und überreichte ihn dem Hausherrn.

Lexman betrachtete einen Augenblick die Anschrift und runzelte die Stirn.

»Von Vassalaro!« stellte er fest.

Kara nahm den hingehaltenen Umschlag in die Hand und besah sich die Schriftzüge.

»Was für eine saumäßige Pfote der Kerl doch schreibt!« war alles, was er verlauten ließ.

Dann gab er den Umschlag zurück. Lexman riß ihn auf und entnahm ihm ein halbes Dutzend gelber Briefblätter, von denen jedoch nur ein einziges beschrieben war. Die Mitteilung war nur kurz und lautete:

›Ich muß Sie heute abend unbedingt sprechen. Treffen Sie mich an der Straßenkreuzung zwischen Beston Tracey und der Eastbourne Chaussee. Ich werde um elf dort sein, und wenn Ihnen Ihr Leben lieb ist, bringen Sie eine größere Ratenzahlung mit.
Vassalaro‹

»Ist der Mensch wahnsinnig geworden, einen derartigen Drohbrief zu schreiben?« fragte Lexman aufgebracht. »Gut, ich werde mich mit ihm treffen und ihm eine Antwort erteilen, wie er sie noch nie erhalten hat.«

Er reichte den Brief seinem Gast hin, der ihn schweigend las.

»Sie sollten Ihre Pistole mitnehmen.«

Lexman warf einen Blick auf seine Taschenuhr.

»Es fehlt noch eine Stunde, aber da ich zwanzig Minuten brauche, bis ich beim Treffpunkt sein kann, werde ich mich jetzt langsam bereitmachen.«

»Sie wollen wirklich seiner Aufforderung Folge leisten?« erkundigte sich Kara erstaunt.

»Natürlich! Soll ich vielleicht warten, bis er hierherkommt und in Gegenwart meiner Frau eine Szene aufführt? Der Schuft wäre dazu imstande.«

»Können Sie ihm die verlangte Ratenzahlung geben?«

John antwortete nicht. Er hatte etwa zehn Pfund im Haus, und morgen würde er vielleicht dreißig erhalten. Nachdenklich starrte er auf den Brief. Das Papier schien von ungewöhnlicher Beschaffenheit zu sein – rauh, beinah wie Löschpapier, hatte es an verschiedenen Stellen die Tinte in sich aufgesogen. Die unbeschriebenen Seiten mochte Vassalaro versehentlich in der Aufregung mit in den Umschlag gesteckt haben, ohne sich der Verschwendung, die er damit getrieben hatte, bewußt zu werden.

»Diesen Brief werde ich mir sorgfältig aufheben«, sagte Lexman.

»Daran tun Sie gut. Vassalaro weiß wahrscheinlich nicht, daß er sich damit strafbar gemacht hat. Drohbriefe können zu recht unangenehmen Gegenwaffen werden.«

In einer Ecke des Arbeitszimmers stand ein kleiner Geldschrank. Lexman zog einen Schlüssel aus der Tasche und öffnete ihn. In eines der Stahlfächer legte er den Brief. Darauf schloß er Fach und Schrank wieder zu. Die ganze Zeit über hatte ihn der Gast scharf beobachtet, als wäre die Zeremonie von höchstem Interesse für ihn. Kurz danach erhob er sich.

»Ich würde Sie gern zu Ihrem Rendezvous begleiten, habe aber leider anderweitig etwas Dringendes zu erledigen. Lassen Sie mich Ihnen nochmals raten, die Pistole mitzunehmen, damit Sie, wenn Vassalaro unverschämt werden sollte, ein- oder zweimal abdrücken können – zu laden brauchen Sie nicht, denn es wird schon genügen, wenn Vassalaro die Pistole knacken hört.«

Grace erhob sich von ihrem Platz vor dem Flügel, als Kara mit John hereinkam, um sich von ihr zu verabschieden. Mit sichtlichem Widerstreben murmelte sie einige Worte des Bedauerns über die Kürze seines Besuches vor sich hin. Daß Kara diese Äußerungen richtig einschätzte, bewies die süßsaure Miene, mit der er sie anhörte. Er gab sich hinsichtlich der Gefühle, die Grace Lexman für ihn hegte, nicht dem geringsten Zweifel hin. Man wechselte noch einige Worte, dann verließ John das Zimmer.

»Ich will nur schnell Ihren Chauffeur verständigen«, rief er zurück.

Die beiden Zurückgebliebenen schwiegen erst, dann sagte Kara:

»Sie werden sich über meinen Besuch nicht sehr gefreut haben, Mrs. Lexman?«

Diese Offenheit brachte die Hausfrau in Verlegenheit. Sie errötete.

»Freunde meines Mannes sind mir immer willkommen«, wich sie aus.

Kara verbeugte sich leicht.

»Es ist immerhin etwas, daß Sie mich als Freund Ihres Gatten anerkennen«, bemerkte er und tat dann, als fiele ihm plötzlich etwas ein. »Ach ja, ich hätte zu gern ein Buch Ihres Gatten mitgenommen – ob er es mir wohl leihen würde?«

»Ich will es Ihnen gern drüben holen, wenn Sie mir ...«

»Bitte, bemühen Sie sich nicht – ich weiß, wo es liegt, und kann es mir selbst holen.«

Ohne die Erlaubnis abzuwarten, ließ er die junge Frau mit dem unangenehmen Gefühl zurück, daß sich der Gast mehr herausnehme, als es die Umstände rechtfertigten. Nach kaum einer Minute kam Kara mit einem Buch zurück.

»Ich bin gerade auf dieses Werk außerordentlich gespannt«, sagte er und wandte sich dann an den eben eintretenden Hausherrn: »Darf ich mir dieses Mexiko-Buch mitnehmen? Ich bringe es Ihnen in den nächsten Tagen wieder zurück.«

Das junge Paar blieb vor der Haustür stehen, bis die Schlußlichter von Karas Wagen hinter einer Straßenbiegung verschwanden. Dann gingen sie ins Haus zurück.

»Was hast du, Liebling?« fragte Grace. »Du scheinst Sorgen zu haben.«

Er brachte ein Lächeln zustande, antwortete jedoch nicht.

»Hast du Geldsorgen?« erkundigte sie sich besorgt.

Die Beichte drängte sich ihm auf die Lippen. Er wollte ihr von dem Drohbrief erzählen, unterdrückte aber diese Anwandlung. Bestimmt würde Grace ihn dann von einem Zusammentreffen mit Vassalaro abzuhalten versuchen.

»Es handelt sich um eine nicht sehr wichtige Sache«, beruhigte er sie. »Ich muß noch einmal nach Beston Tracey zum letzten Zug – der Verlag hat mir für heute abend dringende Korrekturfahnen angekündigt.« Diese Notlüge war John außerordentlich zuwider, und er sagte rasch: »Der Abend war wohl ziemlich langweilig für dich? Kara war auch nicht gerade gesprächig.«

Grace blickte ihm in die Augen.

»Er hat sich nicht im geringsten verändert«, meinte sie mit besonderer Betonung.

»Ich kann heute noch nicht begreifen, daß du mich langweiligen Gesellen diesem glänzenden, reichen Griechen vorgezogen hast!«

»Ich habe den ›glänzenden, reichen Griechen‹ von einer Seite kennengelernt, die mir jede Lust nahm, zu ihm in nähere Beziehungen zu treten. Ach, John – mir graut vor diesem Menschen!«

Überrascht ergriff er ihren Arm.

»Dir graut vor ihm? Du fürchtest ihn? Was fällt dir ein? Kara würde für dich durchs Feuer gehen.«

Sie seufzte.

»Das ist es ja eben . . .«

Worauf sich ihre Furcht begründete, verriet sie ihm jedoch nicht. Vor Jahren hatte sie mit ihrem Vater, einem bekannten Archäologen, eine Reise durch den Balkan unternommen. In Saloniki hatte sie Remington Kara auf einer Gesellschaft kennengelernt, die vom amerikanischen Konsul zu Ehren des Gelehrten gegeben worden war. Kara war ihr vorgestellt worden, doch bald darauf wurden ihr auch unzählige Geschichten über den bildschönen Griechen zugetragen. Überall beschäftigte man sich mit ihm und seinem unermeßlichen Vermögen. Die Mutter – so flüsterte man sich zu – wäre eine vornehme Amerikanerin gewesen, die von albanischen Räubern gefangen und an einen der zahllosen Häuptlinge verkauft worden sei. Dieser habe sich in seine schöne Sklavin verliebt, sei ihr zuliebe zum Protestantismus übergetreten und habe sie dann geheiratet.

Die Frucht dieser unter so romantischen Umständen geschlossenen Ehe war Remington Kara, der seine Bildung in Oxford und Yale erhalten und vom Vater ein ungeheures Vermögen geerbt hatte. Man nannte ihn den ungekrönten König der Berge, die sich etwa vierzig Meilen um Durazzo herum erhoben. Hier war Kara Herr, bewohnte ein herrliches Schloß, das von einem italienischen Baumeister errichtet und mit allem nur erdenklichen Komfort ausgestattet worden war.

In seiner albanischen Heimat führte er den Beinamen ›Rumbo

Kara‹, der schwarze Zigeuner. Die Gründe für diesen Beinamen waren, da Kara blond und von sehr hellem Teint war, nicht recht ersichtlich.

Dieser Grieche nun hatte sich auf den ersten Blick in die damalige Grace Terrell verliebt. Anfangs hatte das Mädchen darüber gelacht, doch dauerte es nicht lange, bis ihr das Lachen angesichts der Leidenschaft Karas verging. Eine so zähe Werbung konnte nicht mißverstanden werden. So oft und offen sie dem Griechen auch klarzumachen versuchte, daß er sich keinen Hoffnungen hinzugeben brauche, Kara kümmerte sich nicht im geringsten um die ablehnende Haltung Miss Terrells. Durch einen dramatischen Vorfall lernte sie so recht seinen rücksichtslosen Charakter kennen. Nachdem sie ihn wieder einmal abgewiesen hatte, verstrichen ein, zwei Tage, ohne daß Kara sich sehen ließ. Als sie aber am dritten Tag von einem Tanzvergnügen nach Hause zurückkehren wollte und den Weg durch den Basar nahm, wurde ihr Wagen von einigen Banditen angehalten. Man steckte ihr, als sie um Hilfe schreien wollte, einen übelriechenden Knebel in den Mund und zog sie auf die Straße. Ein Tuch wurde ihr vor die Nase gehalten, dessen süßlicher Geruch ihr das Bewußtsein raubte. Als man nun Grace Terrell zu einem andern Wagen, der in der Nähe bereitstand, schleppen wollte, hatten sich einige englische Matrosen, die gerade vorbeibummelten, eingemischt und das Mädchen den Entführern entrissen.

Grace hatte nie auch nur einen Augenblick daran gezweifelt, daß Kara der Anstifter dieses Entführungsversuchs gewesen war. Er hatte diesen mittelalterlichen Weg gewählt, um sich die Frau, die ihm nicht freiwillig folgen wollte, mit Gewalt zu holen. Dieses Abenteuer hatte Grace Lexman ihrem Mann gegenüber nie erwähnt. Bis zu ihrem Hochzeitstag wurden ihr laufend von unbekannter Seite wertvolle Geschenke ins Haus geschickt. Mit der gleichen Regelmäßigkeit ließ sie die Sendungen an die einzige Adresse zurückgehen, die sie von dem vermuteten Spender kannte – das Landhaus Karas in Lemazo. Einige Monate nach ihrer Verheiratung mit John Lexman las Grace in einer Tageszeitung, daß ›der Führer der griechischen Kolonie in London‹ ein großes Haus am Cadogan Square gekauft habe. Nach kurzer Zeit schon entdeckte sie zu ihrem stillen Entsetzen, daß Remington Kara sich an ihren

Gatten herangemacht und mit ihm Freundschaft geschlossen hatte. Glücklicherweise besuchte er Lexmans Haus nur selten, aber sein Umgang mit John war für Grace eine Quelle ständiger Unruhe.

Sollte sie nun – spät genug – John alle ihre Befürchtungen mitteilen und ihrem vielleicht ungerechtfertigten Verdacht offen Ausdruck geben? Lange rang sie mit sich, und nie war sie näher daran gewesen, ihren Mann ins Vertrauen zu ziehen, als in diesem Moment. Prüfend ließ sie die Geschichte ihrer Bekanntschaft mit Remington Kara an sich vorüberziehen. Wäre ihr Mann nicht selbst so mit Sorgen belastet gewesen, hätte sie ihn bestimmt von allem unterrichtet. Unter diesen Umständen aber wollte sie ihn damit unbehelligt lassen. Und so unterhielt sie sich denn mit John über seine Bücher, machte Pläne für die Zukunft und sprach über die Verwendung des Geldes, das er mit seinen Kriminalromanen verdienen würde. Literarische Ehren, das wußte Grace, reizten ihn nicht so sehr wie die finanziellen Vorteile.

Unter solchen Gesprächen verging die Zeit im Flug. Gegen dreiviertel elf Uhr stand John auf und ließ sich von der Gattin in den Mantel helfen. Dann blickte er sie unentschlossen an.

»Hast du etwas vergessen?« fragte sie.

Er zögerte. Sollte er Karas Rat befolgen? Hieß es nicht das Schicksal herausfordern, sich zu einem Stelldichein mit einem Mann zu begeben, der mit Morddrohungen nur so um sich warf? Nun, die ganze Sache mochte lachhaft sein – doch genauso widersinnig war es, sich überhaupt Geld zu Spekulationszwecken zu borgen. Er hatte es ja auch nur auf Anraten Karas getan. Allerdings war der Rat stets nur in verschleierten Redewendungen erteilt worden.

Bei diesem Punkt seiner Überlegungen angelangt, ging Lexman langsam in sein Arbeitszimmer hinüber und nahm die Pistole aus der Schreibtischschublade.

»Ich bin bald wieder hier, Liebling!« tröstete er seine Frau und küßte sie.

Er trat, die Pistole wohlverwahrt in seiner Manteltasche, auf die dunkle Landstraße hinaus.

2

In der Zwischenzeit saß Kara, bequem in die tiefen Polster zurückgelehnt, in seinem eleganten Wagen und pfiff leise eine Schlagermelodie vor sich hin. Es regnete immer noch, und während der Chauffeur den Wagen vorsichtig über die sumpfige Straße steuerte, wischte Kara immer wieder die beschlagenen Scheiben sauber, um die Gegend, in der sie sich gerade befanden, erkennen zu können. An einer bestimmten Stelle blickte er hinaus, als erwarte er, jemand zu sehen, lehnte sich aber, als er sich erinnerte, daß er seinen ursprünglichen Plan geändert hatte, wieder bequem in die Polster zurück.

Der Wartesaal des Bahnhofs von Lewes war, entgegen der anfänglichen Vereinbarung, als Treffpunkt ausgemacht worden. Dort traf er auch bald darauf einen kleinen, gelbhäutigen Mann von orientalischem Aussehen, der, bis über die Ohren in seinen Regenmantel eingehüllt, vor dem ersterbenden Kaminfeuerchen des Bahnhofsraumes verschlafen vor sich hinstarrte. Seine Wangen waren eingefallen und von einem unregelmäßig sprossenden Bart umrahmt.

Der Wartende fuhr, als er Kara sah, zusammen. Dann folgte er ihm auf einen Wink hin bis zum Ende des Bahnhofsareals.

»Sie haben meine Befehle ausgeführt?« fragte Kara schroff.

»Genauso, wie Sie befohlen haben, Effendi«, antwortete der Mann im gleichen tadellosen Arabisch, in dem ihm die Frage gestellt worden war.

»Ihr Revolver?«

Der andere nickte und klopfte auf seine Hüfttasche.

»Geladen?«

»Was sollte ich mit einem ungeladenen Revolver anfangen?«

»Sie haben meine Absichten doch verstanden, oder nicht? Sie dürfen den Mann weder verwunden noch töten, ja überhaupt nicht einmal schießen. Nur die Waffe zeigen dürfen Sie! Um ganz sicherzugehen, und damit Sie gar nicht erst in Versuchung geraten, ist es besser, Sie entladen die Waffe gleich.«

Äußerst verwundert gehorchte der Mann. Er entlud den Revolver und sicherte ihn dann wieder.

»Ich werde die Patronen an mich nehmen.« Kara streckte die

Hand aus, um sie in Empfang zu nehmen. Er schob die kleinen Metallzylinder in seine Manteltasche. Darauf untersuchte er den Revolver peinlich genau und gab ihn wieder zurück. »Sie werden ihn bedrohen! Zielen Sie direkt auf sein Herz. Weiter haben Sie nichts zu tun.«

Der Mann scharrte unruhig mit den Füssen.

»Ich werde Ihre Befehle ausführen, Effendi«, versprach er, »aber ...«

»Kein Aber«, unterbrach ihn Kara brüsk. »Sie haben sich um nichts weiter zu kümmern. Ich weiß, was ich will. Tun Sie, was ich von Ihnen verlange! Sie werden schon sehen, was sich dann weiter abspielt. Jedenfalls, ich werde in Ihrer Nähe sein.«

»Wenn er nun aber doch auf mich schießt?« machte der andere seiner Unruhe Luft.

»Das wird keinesfalls passieren«, beruhigte ihn Kara. »Sein Revolver wird ebensowenig geladen sein wie der Ihre. Gehen Sie jetzt, denn Sie haben noch einen weiten Weg vor sich. Werden Sie sich zurechtfinden?«

»Ich war schon einige Male in der Gegend ...«

»Gut.«

Kara ging zu seiner Limousine zurück, die in einiger Entfernung vom Bahnhof auf ihn wartete. Er gab dem Chauffeur einen Befehl in griechischer Sprache, und dieser griff, zum Zeichen, daß er verstanden habe, respektvoll an seine Mütze.

3

Die Amtsräume T. X. Merediths lagen dem Handelsministerium gegenüber in einem Haus in der Nähe von Whitehall. Einem kleinen Messingschildchen neben der Eingangstür konnte man entnehmen, daß sich hier eine Spezialabteilung der General-Staatsanwaltschaft befand. Für diese Zweigbehörde, deren Leiter Mr. T. X. Meredith war, hatte sich innerhalb des Gebäudekomplexes von Scotland Yard kein Platz mehr gefunden. Immer mehr Ableger bestehender Abteilungen machten sich selbständig und benötigten zusätzlichen Raum.

T. X. Meredith genoß im Publikum einen beinah legendären Ruf. Man traute seiner Abteilung einfach alles zu, also auch Handlungen und Verfügungen, die mit Recht und Norm nicht in Einklang zu bringen waren. Unzählige Gerüchte und Anekdoten zirkulierten über die ›gesetzwidrige Abteilung‹. Vorsteher wichtiger staatlicher Ämter, Unterstaatssekretäre, hoch über den Klatsch des ›misera plebs‹ erhaben, flüsterten in verschwiegenen Klubecken über die neuesten Streiche des originellen Chefinspektors.

Erblickte man T. X. zum erstenmal, so glaubte man, einen Jüngling vor sich zu haben. Erst wenn man das hagere, energische Gesicht näher betrachtete, entdeckte man die kleinen Fältchen unter den klaren, blauen Augen. Der Mund mit den schmalen Lippen verriet eine Festigkeit, die allen, die mit ihm in Konflikt gerieten, wenig Gutes verhieß. Im allgemeinen war er taktvoll und zurückhaltend, jedoch in Dingen, die seine Neugierde herausforderten, von einer Zähigkeit, der er manchen seiner Erfolge zu verdanken hatte.

Auffallend war auch seine bildhaft drastische Sprache und Ausdrucksweise. Man erzählte sich mit verhaltenem Lächeln, ein hocharistokratischer Innenminister habe nach der Lektüre einiger Berichte des Chefinspektors folgenden Ausspruch getan: ›Es ist im Interesse des Ansehens des königlich großbritannischen Polizeidienstes außerordentlich zu bedauern, daß Mr. Meredith sich nicht einer etwas gewählteren Ausdrucksweise in seinen Berichten befleißigt. Von einem so der öffentlichen Kritik ausgesetzten Mann hätte man das eigentlich ohne weiteres erwarten dürfen.‹

Tatsächlich waren die Ausdrücke, derer sich T. X. oftmals bediente, weder in der ›Encyclopaedia Britannica‹ noch in irgendeinem anderen Lexikon zu finden. Die schriftlichen und mündlichen Randbemerkungen, mit denen er Berichte Untergebener oder Befehle Vorgesetzter bedachte, zeichnete sich durch unverkennbare Eigenart und Originalität aus.

An diesem Morgen saß der Chefinspektor aufgebracht vor seinem Schreibtisch. Ihm gegenüber hatte Polizeiinspektor Mansus Platz genommen – unter dem tadelnden Blick seines Vorgesetzten rutschte er unruhig auf dem Stuhl hin und her.

»Aber, T. X.«, verteidigte er sich, »was sollte ich sonst noch unternehmen? Es war ja überhaupt nichts weiter herauszuholen.«

Meredith bestand darauf, von seinen Leuten mit den Initialen seiner Vornamen angeredet zu werden.

»Nicht herauszuholen!« wiederholte er höhnisch. Er richtete sich mit solcher Heftigkeit in seinem Stuhl auf, daß Mansus erschrocken zurückfuhr. »Nun hören Sie mal gut zu –«, begann er seine Standpauke. Jedes Wort wurde von einem Schlag mit seinem Briefbeschwerer auf die Pultplatte begleitet. »Wissen Sie, was Sie sind? Nein? Sie sind ein Quasselkopf!«

»Nein, Sir, ich bin ein Polizeibeamter.«

»Was sind Sie? Ein Polizeibeamter? Ein Holzkopf sind Sie! Nie wird es mir gelingen, aus Ihnen einen wirklichen Kriminalbeamten zu machen!« Diese Klage wirkte um so komischer, weil T. X., als Mansus schon lange die blaue Uniform eines Gesetzeshüters trug, noch in kurzen Hosen die Schulbank gedrückt hatte. »Ein Kriminalbeamter«, erläuterte T. X. mit leidender Stimme, »muß verschlagen und klug sein wie eine Schlange. Sind Sie das vielleicht? Nein, das bilden Sie sich wohl selbst nicht ein, wie? Sie vereinigen in Ihrer Person ...«

Weiter kam Meredith in seiner Beschimpfung des altgedienten Inspektors nicht, denn eben trat der Polizeipräsident in höchsteigener Person ins Zimmer. Der Allgewaltige war ein alter, grauhaariger und müde aussehender Herr. Aus kaltblauen, unter buschigen Brauen halb verborgenen Augen blickte er die beiden Beamten prüfend an.

»Nun, T. X.?« begrüßte er seinen Chefinspektor. »Was haben Sie mir über Mr. Remington Kara zu berichten?«

»Wenig«, erwiderte Meredith. »Ich hatte Mansus mit den Recherchen beauftragt ...«

»Der natürlich nichts in Erfahrung bringen konnte, wie?«

Der Chef warf einen mißbilligenden Blick auf den Inspektor.

»Was zu erfahren war«, verteidigte T. X. seinen Untergebenen, »das hat er ausfindig gemacht. Wir sind keine Magier und können die Informationen nicht aus der Luft greifen. Die Tatsachen, auf die wir uns stützen müssen, sind zu mager und geben nicht viel her.«

Sir George Hartley murmelte etwas Undeutliches vor sich hin, doch ließ sich T. X. durch diese Mißfallenskundgebung nicht davon abhalten, seinem Herzen weiter Luft zu machen.

»Mehr als Mansus hätte auch ich nicht tun können. Man müßte doch erst einmal wissen, um was es sich eigentlich handelt und was bei diesen Nachforschungen herausschauen soll. Ich tappe ja ebenso in dunkeln wie der Inspektor.«

Der Präsident setzte sich und streckte seine langen Beine aus.

»Dieser Remington Kara interessiert mich, wie Sie wissen. Er soll ein ungeheures Vermögen besitzen, wofür ja auch der Ankauf des Hauses am Cadogan Square spricht. Aber wer ist er eigentlich? Wie kommt es, daß er, der offensichtlich keine Bekannten in London hat, hierherkommt? Dabei schimpft er andauernd auf Klima, Land und Leute. Er soll irgendwo auf dem Balkan ein riesenhaftes Besitztum haben, das ihm die Einkünfte liefert, die er so gut wieder auszugeben versteht. Er soll ein vorzüglicher Reiter, ein treffsicherer Schütze und erfahrener Flieger sein.«

T. X. gab Mansus einen verstohlenen Wink, worauf dieser, froh, der gefährlichen Nähe des ›Alten‹ entrinnen zu können, leise verduftete. Als sich die Tür hinter ihm schloß, wandte sich T. X. wieder Sir George zu.

»So – werden Sie mir nun reinen Wein einschenken können, warum Sie sich für Kara so interessieren?«

Der Präsident hüstelte.

»Ich interessiere mich für alle Leute, die für meine Behörde von Interesse werden könnten. Kara weicht von der Norm so weit ab, daß ich unbedingt Näheres über seine Person erfahren möchte. Außerdem liegt mir sein Gesuch vor, ihm eine direkte Telefonverbindung zwischen seiner Wohnung und Scotland Yard zu bewilligen. Als wir darauf hinwiesen, daß er ja von seinem Schlafzimmer aus jederzeit mit einer unserer Bezirkswachen telefonieren könne, meinte er, daß ihm eine solche indirekte Verbindung nicht genüge. Er befinde sich, so begründete er sein Gesuch, in ständiger Lebensgefahr, da einige seiner Landsleute ihm den Tod geschworen hätten.«

T. X. lächelte unmerklich.

»Wenn das alles ist, was Sie über ihn wissen, Sir George, will ich gern meine eigenen Kenntnisse zum besten geben. Was Sie mir da eben erzählten, kann mich leider nicht dazu verleiten, Überraschung zu heucheln.«

»Das sollen Sie auch gar nicht«, brummte der ›Alte‹. »Ich hätte der Sache überhaupt nicht soviel Bedeutung beigemessen, wenn mir nicht die eklige Schießerei in South London noch in so frischer Erinnerung wäre. Sie wissen ja, daß die Akteure ebenfalls Griechen waren. Ich habe zwar nichts dagegen, wenn sich die Leute gegenseitig umbringen wollen, aber sie sollen das in ihrem Land und nicht hier in London tun.«

»Sie haben recht, Sir George. Ich bin übrigens in der glücklichen Lage, Sie etwas über Kara informieren zu können. Also, zum ersten – sein Haus am Cadogan Square ist in seinem Auftrag vollständig umgebaut worden. Zweitens – sein Schlafzimmer sieht aus wie ein Banktresor oder eine kleine Festung.«

Der Präsident sah den Chefinspektor verwundert an.

»Woher haben Sie denn das?«

»Darüber gebe ich Ihnen gleich Auskunft. Lassen Sie mich erst mit der Schilderung fortfahren: Die Wände, der Fußboden und die Decken des Schlafzimmers sind aus Eisenbeton gegossen. Eine einzige Tür führt in das Zimmer, und zwar vom Korridor aus. Ein Fenster, von außen unerreichbar, liefert das notwendige Tageslicht. Der Raum ist geeignet, einer längeren Belagerung standzuhalten.«

»Wissen Sie vielleicht sonst noch etwas?«

Sir Georges kalte Augen funkelten und verrieten deutlich sein Interesse.

»Lassen Sie mich nachdenken, Sir. Also – das Zimmer ist einfach, aber kostbar ausgestattet. Ein Kamin, ein reich geschnitztes Bett und ein in die Betonwand eingelassener Stahltresor sind eigentlich das einzig Erwähnenswerte in diesem Schlafzimmer.«

»Aber, Menschenskind, nun sagen Sie mir endlich, woher Sie das alles wissen!«

»Ich habe mir gestattet, das Zimmer zu besichtigen. Durch einen längst abgegriffenen Trick habe ich mir das Vertrauen des Majordomus erworben. Leider ist seine Gutgläubigkeit aufs bitterste enttäuscht worden, denn er hat dadurch seine Stellung verloren. Morgen verläßt er Karas Haus, und wir müssen ihm unbedingt einen neuen Posten besorgen.«

T. X. machte sich eine kurze Notiz auf seinem Schreibblock.

»Glauben Sie, daß irgend etwas – hm . . .«

»Sie meinen, ob bei Kara etwas faul ist?« beendete T. X. die Frage des Chefs. »Vorläufig wüßte ich nichts. Das Haus und seine

Bewohner sind völlig unverdächtig. Abgesehen von den erwähnten Exzentritäten ist nichts gegen sie vorzubringen. Wie ich erfahren habe, wird Kara nur drei Monate im Jahr in England verbringen, den Rest jedoch abwesend sein. Er ist sehr reich, hat keine Verwandten und einen unbändigen Hang, andere zu beherrschen.«

Der Chef erhob sich.

»Dann prophezeie ich ihm, daß er sein Leben am Galgen beenden wird.«

»Da muß ich Ihnen widersprechen, Sir George. Leute, die so viel Geld haben wie Kara, werden selten gehängt. Ein solches Mißgeschick trifft fast immer nur arme Leute.«

Sir George lächelte maliziös.

»Dann passen Sie aber beizeiten auf, mein Lieber, daß nicht Sie noch von diesem Los betroffen werden! Ich habe mir sagen lassen, daß bei Ihnen ständiger Mangel an Geldüberfluß herrscht.«

»Wenn ich mir das geringste aus den Meinungen anderer Leute machen würde«, erwiderte Meredith, »müßte ich das als Verleumdung bezeichnen! Aber da wir schon von Leuten reden, die sich in Geldverlegenheit befinden – ich unterhielt mich gestern mit John Lexman. Sie kennen ihn doch? Nun, ich habe gehört, er hätte bei einem Goldminenschwindel Haare lassen müssen. Als ich ihn traf, machte er ein Gesicht, als sei er entweder verliebt – was er, da er jung verheiratet ist, wohl nicht sein wird – oder habe Schulden. Ganz offensichtlich hat er sich von seinen Verlusten noch nicht erholt.«

Auf dem Schreibtisch rasselte ungeduldig das Telefon. T. X. nahm den Hörer ab.

»Ein Ferngespräch –«, rief er über die Schulter dem Präsidenten zu, der eben das Zimmer verlassen wollte. »Warten Sie doch noch einen Augenblick, Sir George . . .«

Eine heisere Stimme quäkte aus dem Hörer:

»Ist dort Mr. Meredith?«

»Selbst!«

»Hier ist Lexman, John Lexman.«

»Ich hätte, zum Teufel noch mal, deine Stimme nicht erkannt!« brüllte T. X. »Was ist los? Wirst du mit deinen Romanverwicklungen nicht mehr fertig?«

John schien auf den scherzhaften Ton nicht eingehen zu wollen.

Mit ernster, sachlicher Stimme machte er die erstaunliche Mitteilung: »Ich wollte dich bitten, sofort nach Little Tracey zu kommen – ich habe einen Menschen ermordet!«

Meredith war einen Augenblick wie vor den Kopf geschlagen.

»Um Gottes willen!« rief er dann. »Was bist du doch für ein unsäglicher Idiot!«

4

Szene: Das Studierzimmer John Lexmans in ›Beston Priory‹. Zeit: Der frühe Vormittag. Personen: John Lexman, bleich und übernächtigt; neben ihm auf dem Sofa seine Frau; T. X. Meredith, am Schreibtisch sitzend, Block und Bleistift vor sich, die er hin und wieder benützt, um die Aussagen des Hausherrn zu notieren; im Gang, vor der Tür zum Arbeitszimmer postiert, der Dorfpolizist als Vertreter der örtlichen Behörde.

John Lexman hatte seinem Freund bereits kurz die Ereignisse geschildert, die vergangene Nacht zu dem entsetzlichen Vorfall geführt hatten.

»Den Brief, den dir Vassalaro schrieb, hast du doch noch, nicht wahr?« erkundigte sich T. X., und Lexman nickte. »Das freut mich für dich, John. Der Brief wird dir eine Menge Unannehmlichkeiten ersparen! Erzähle nun weiter, wie sich alles abgespielt hat.«

»Ich verabschiedete mich von Grace und ging ins Dorf. Es regnete immer noch ziemlich heftig, so daß ich auf dem ganzen Weg keiner Menschenseele begegnete. Ungefähr fünf Minuten vor der Zeit, die mir Vassalaro genannt hatte, kam ich an der betreffenden Stelle an. Ich schämte mich ein wenig vor mir selbst, daß ich ohne weiteres dem Befehl Vassalaros nachgekommen war, und hielt mich deshalb ein wenig im Dunkeln. – Was hätte ich aber auch anderes tun können, als seiner Aufforderung zu folgen? Kam ich nicht zum Stelldichein, dann mußte ich gewärtigen, daß er mir im eigenen Haus vor Grace eine widerliche Szene bereiten würde. Deshalb entschloß ich mich, ihn zu treffen. Am lachhaftesten erschien mir der Gedanke, daß ich, bewaffnet wie ein Brigant, zum nächtlichen Treffen erscheinen sollte. Als wäre die Pistole meiner Ansicht, schlug sie mir auf dem Weg ständig gegen die Hüfte.«

»War Vassalaro bereits dort, als du ankamst?« fragte T. X.

»Ja. Er stand auf der anderen Straßenseite, kam aber, als er mich sah, sofort zu mir herüber. Anfangs war er ziemlich genießbar, wenn auch seine innere Erregung nicht zu übersehen war. Plötzlich – eben hatte ich ihm angeboten, einen größeren Betrag meiner Schuld zu bezahlen – begann er wüst zu schimpfen. Er ließ sich auch durch mein gütliches Zureden nicht mehr beruhigen. Ohne vorherige Warnung zog er einen Revolver und fuchtelte mir damit vor dem Gesicht herum. Dabei stieß er die heftigsten Drohungen gegen mich aus. In diesem Augenblick erinnerte ich mich der Ratschläge Karas und . . .«

»Karas?« unterbrach T. X. verblüfft.

»Ach, ich vergaß, daß du ihn nicht kennst. Der Mann ist ein Bekannter von mir und hatte mich Vassalaro seinerzeit vorgestellt. Er ist Grieche und soll sehr vermögend sein.«

»So, so! Bitte, erzähl weiter.«

»Ich mußte lächeln, als ich den aufgeregten Griechen vor mir herumtanzen sah. Kara hatte mir den Charakter des Mannes ziemlich ausführlich geschildert, und ich beschloß, Vassalaro auf die Probe zu stellen. Ich zog also meine Waffe und richtete sie, den Zeigefinger am Abzug, direkt auf seine Brust. Diese drohende Geste verfehlte jedoch die von mir beabsichtigte Wirkung. Vassalaro wurde noch aufgeregter, und ehe ich mir dessen bewußt wurde, hatte ich abgedrückt. Du kannst dir mein Entsetzen vorstellen, als hintereinander vier Schüsse knallten. Erst dann konnte ich meinen Finger von dem automatisch sich betätigenden Abzug wieder zurückziehen. Der Grieche war sofort zu Boden gestürzt. Ich ließ die Pistole fallen und kniete neben ihm nieder. Auf den ersten Blick erkannte ich die Schwere seiner Verletzungen. Es konnte nicht lange dauern, bis er ihnen erlag. Ich hatte ja auf seine Brust und das Herz gezielt.«

John schwieg. Die Erinnerung an den schrecklichen Augenblick schien noch jetzt Schauer über seinen Rücken zu jagen. Grace legte ihren Arm zärtlich um seinen Nacken und flüsterte ihm einige beruhigende Worte zu. Endlich hatte er sich wieder gefaßt und fuhr in seiner Erzählung fort.

»Ich wollte wissen, ob Vassalaro noch lebte, und legte mein Ohr an seinen Mund. Ich hörte ihn auch einige unverständliche Worte murmeln. Als ich etwas ruhiger geworden war, rannte ich ins Dorf, um die Polizei zu benachrichtigen und Hilfe herbeizurufen.«

T. X. erhob sich und öffnet die Tür zum Gang.

»Kommen Sie herein, Wachtmeister!« befahl er dem draußen stehenden Polizisten. »Haben Sie heute nacht alles, was Sie in der Nähe des Toten vorfanden, weggebracht?«

»Jawohl, Sir. Ich fand Hut und Stock und nahm sie mit.«

»Und den Revolver des Toten?«

»Von einem Revolver weiß ich nichts«, erwiderte der Polizist verwundert. »Nur Mr. Lexmans Pistole lag dort – er hat sie bereits als sein Eigentum anerkannt. Ich habe sie mitgebracht.«

Er zog die Waffe aus der Tasche und legte sie auf den Schreibtisch.

»Sie sollten die Umgebung des Tatorts nochmals auf das genaueste absuchen. Ich werde den Gefangenen inzwischen unter meine Obhut nehmen. Ich zahle Ihnen ein Pfund Sterling, wenn Sie den Revolver mitbringen – er ist mir sehr wichtig. Durchsuchen Sie vor allem die Straßengräben in der Nähe. Dort werden Sie die Waffe am ehesten finden können.«

Der Polizist grüßte und verließ das Zimmer, während T. X. sich wieder seinem Freund zuwandte.

»Der Fall sieht fürs erste äußerst verwickelt aus. Du mußt zugeben, John, daß da eine ganze Reihe von Fragen der Aufklärung bedürfen. Daß du Schulden hast, der Geldverleiher sein Geld wiederhaben will und, um dieses Ziel zu erreichen, vor Drohungen nicht zurückschreckt – all das ist nicht besonders befremdend. Was mich am meisten in Erstaunen setzt, ist das merkwürdige Gebaren Vassalaros, einem Schuldner mit dem Revolver nachzulaufen und ihn zu bedrohen. Warum verlangte er von dir eine Unterredung draußen auf der Landstraße in stockdunkler Nacht? Warum kam er nicht hierher in dein Haus, wo er dich, im Hinblick auf deine Frau, viel mehr unter Druck hätte setzen können als da draußen an der gottverlassenen Ecke, wo ihr euch allein gegenüberstandet? Warum schrieb er dir einen Drohbrief? Damit gab er dir doch einen Trumpf in die Hand, den du ihm, dem Gläubiger gegenüber, wieder ausspielen konntest. Er mußte ja wissen, daß Drohungen dieser Art strafbar sind.« T. X. klopfte mit dem Bleistiftende gegen seine

Zähne. »Ich finde, es wird Zeit, daß ich mir den bewußten Brief einmal ansehe. Wo hast du ihn?«

Lexman stand auf und ging zu seinem Geldschrank, in den er gestern abend den Brief geschlossen hatte. Als er die Tür des Schrankes berührte, machte er ein verblüfftes Gesicht.

T. X. bemerkte es und fragte:

»Was ist los?«

»Die Tür fühlt sich recht heiß an«, sagte John und warf einen Blick auf den Kamin, in dem ein Feuer prasselte, als wollte er die Möglichkeit prüfen, ob das Kaminfeuer die Stahltür des Tresors erhitzen könnte.

»So schließ doch endlich auf!« verlangte Meredith.

Im Moment, als die Tresortür aufging, schoß eine starke, heiße Stichflamme aus dem Inneren hervor und erstarb sogleich wieder. Nur eine schmale, schnell sich verflüchtigende Rauchsäule zeigte an, daß sich im Innern des Schrankes soeben etwas Ungewöhnliches ereignet haben mußte.

»Rühre nichts an!« befahl T. X., der aufgesprungen war.

Vorsichtig nahm er das kleine Stahlschubfach, das den Brief enthalten hatte, aus dem Schrank heraus und trug es zum Fenster. Nichts befand sich darin – ein Häufchen weißer Asche war alles, was vom wertvollsten Beweisstück für die Unschuld Lexmans übriggeblieben war.

»Nun wird mir vieles klar«, sagte T. X. nach langem Schweigen. Vor allem aber wurde ihm klar, daß mit der Vernichtung des Briefes sein Freund in tödliche Gefahr geraten war. »Die Mitteilung Vassalaros ist auf ein speziell präpariertes Papier geschrieben worden. Eine chemische Lösung hat das Schreiben bei Luftzutritt in Flammen aufgehen lassen und zerstört. Schon bevor du den Brief ins Fach legtest, hatte der Zerstörungsprozeß begonnen. Möglich, daß das Papier bereits gestern abend unter deinen Händen verbrannt wäre, wenn du es nicht gleich weggeschlossen hättest. Wo hast du den Umschlag zu dem Brief?«

»Den hat Kara gestern abend verbrannt«, berichtete Lexman niedergeschlagen. »Ich erinnere mich – ich legte ihn auf den Tisch, und Kara zerriß ihn und warf ihn ins Kaminfeuer.«

Meredith preßte die Lippen zusammen.

»Unsere einzige Hoffnung ist jetzt, daß wir den Revolver finden.«

Eine halbe Stunde später, als der Dorfpolizist zurückkam, wurde auch diese Hoffnung zerstört. Eine eingehende Suchaktion hatte keine Spur der gesuchten Waffe zutage fördern können. Merediths schlimmste Befürchtungen, die ihn beim Auffinden des Aschenhäufchens befallen hatten, waren Tatsache geworden.

Vierundzwanzig Stunden später wurde der Schriftsteller John Lexman auf Antrag der Staatsanwaltschaft als Untersuchungsgefangener in Lewes eingeliefert.

Die Anklage lautete auf vorsätzlichen Mord, begangen an dem griechischen Geldverleiher Vassalaro. Auf diesem Verbrechen stand als einzige mögliche Strafe – der Galgen.

5

Meredith bestellte Inspektor Mansus auf dem schnellsten Weg zu sich nach ›Beston Priory‹, wo er ihn im Arbeitszimmer des verhafteten Hausherrn erwartete.

»Ich schickte nach Ihnen, Mansus«, sagte er zur Begrüßung, »weil ich trotz übelster Erfahrungen immer noch der Meinung bin, daß Sie etwas mehr Gehirn besitzen als die meisten anderen Kollegen meiner Abteilung. Das will freilich nicht viel besagen, aber . . .«

»Ich danke Ihnen, T. X., daß Sie mich Sir George gegenüber in Schutz genommen haben –«, warf der Inspektor ein, doch Meredith wehrte mit einer Handbewegung ab.

»Das habe ich nur im Interesse meiner Abteilung getan. Es ist die Pflicht eines Vorgesetzten, die Unfähigkeit seiner Untergebenen vor den Augen anderer zu kaschieren. Das Ansehen der Abteilung muß hochgehalten werden. Aber geben Sie gut acht, was ich Ihnen jetzt sage.« Er schilderte den Fall Lexman in großen Zügen. »Die Beweise gegen John Lexman sind außerordentlich schwerwiegend. Er hat sich von Vassalaro Geld geborgt. Angesichts der beim Toten gefundenen Schuldurkunden könnte Lexman diese Tatsache kaum bestreiten. Warum der Grieche das Dokument überhaupt bei sich trug, wo er doch genau wußte, daß sein Schuldner nicht bezahlen konnte, ist mir rätselhaft. Jedenfalls besteht kein Zweifel, daß die Geschworenen, vor die mein Freund treten muß, sich mit seinen Erklärungen über den Hergang der Tat nicht zufriedengeben werden. Eine Verurteilung ist beim gegenwärtigen Stand des Falles so gut wie sicher. Deshalb müssen wir zuallererst versuchen, die Waffe Vassalaros aufzufinden. Wenn mir dieses Unternehmen auch ziemlich hoffnungslos erscheint – jedenfalls dürfen wir keine Zeit mehr verlieren.«

Bevor er mit Mansus ›Beston Priory‹ verließ, suchte Meredith nochmals Grace Lexman auf. Die dunklen Ringe unter den Augen der jungen Frau sprachen deutlich genug von der schlaflosen Nacht, die sie hinter sich hatte. Sie war sehr bleich, gab sich jedoch ruhig und gefaßt.

»Darf ich Ihnen, Mr. Meredith, bevor Sie gehen, etwas mitteilen?« fragte sie und schloß die Zimmertür.

»Betrifft Ihre Mitteilung den Griechen Kara?«

Überrascht blickte sie ihn an.

»Was bringt Sie auf diesen Namen?«

»Vermutlich mein kriminalistischer Instinkt – obwohl ich nichts Bestimmtes weiß, vermute ich doch eine ganze Menge.«

Ohne Umschweife begann Grace Lexman, ihr Herz auszuschütten.

»Vorausschicken muß ich, daß Mr. Remington Kara einmal um meine Hand angehalten hat. Seit der Zeit und aus Gründen, die ich Ihnen gleich nennen werde, fürchte ich mich vor ihm.«

Sie berichtete von dem Anschlag, der bei ihrem Aufenthalt in Saloniki auf sie verübt worden war.

»Weiß Ihr Mann von dieser Sache?«

Sie schüttelte den Kopf.

»Das ist es ja – ich wünschte, ich hätte ihm alles erzählt.«

»Hat Mr. Kara je mit Ihnen über die finanziellen Verhältnisse Johns gesprochen?«

»Nie.«

»Wie lernte John eigentlich Vassalaro kennen?«

»Zufällig weiß ich das. Wir verlebten einen Teil unserer Flitterwochen in Babbacombe, und dort trafen wir auch Kara, den ich ja von früher her kannte. Er hatte Zimmer im gleichen Hotel wie wir, und ich glaube, auch Vassalaro wohnte schon dort, als wir ankamen. Jedenfalls stellte Kara seinen Landsmann meinem Gatten vor. Alles übrige ergab sich dann von selbst. Glauben Sie«, fragte Mrs. Lexman unsicher, »daß ich John irgendwie helfen kann?«

»Soweit es die eben geschilderten Tatsachen betrifft, glaube ich kaum, daß es Zweck hätte, sie dem Gericht mitzuteilen. Ein Beweis, daß Kara in dieser Sache irgendwie die Finger im Spiel hatte, wäre schwerlich zu erbringen. Das einzige, was Sie erreichen würden, wäre, daß John sich Ihretwegen noch mehr Sorgen machen müßte. Sie können sich darauf verlassen, daß ich alles tun werde, um ihn zu retten.«

T. X. streckte ihr die Hand hin, die sie fest umklammerte.

Mansus wartete vor dem Haus. Minuten später brausten die beiden im Auto zum Tatort.

Die nähere Umgebung war bereits gründlich abgesucht worden. Zwei Landstraßen kreuzten sich hier in beinah rechtem Winkel. Auf der einen Seite war das einfassende Gebüsch der Straße entlang an einer Stelle unterbrochen, vermutlich um das Vieh auf die Weide treiben zu können. Diese Lücke war auf beiden Seiten durch Niedertrampeln des Buschwerks noch vergrößert worden. Zwar hatte man versucht, das Loch in der Hecke mit Stacheldraht wieder zu schließen, doch war der Draht nur locker angebracht und hinderte keineswegs daran, das Wiesengelände zu betreten.

Dieser Stelle, dem Straßenstück vor und dem Wiesland hinter dem Durchlaß, wandten nun die beiden Beamten ihre Aufmerksamkeit zu. Plötzlich bückte sich der eifrig suchende Mansus und hob etwas vom Boden auf.

»Hallo!«

T. X. nahm dem Inspektor den Gegenstand ab. Kein Zweifel, es war eine Patrone. Er brachte am Fundort ein Zeichen an und suchte hinter der Hecke weiter.

»Ich befürchte«, sagte T. X. nach einer Weile, »daß wir nicht viel mehr finden werden. Doch – wir wollen einmal annehmen, Mansus, daß bei diesem Drama drei Mitspieler beteiligt waren: Lexman, Vassalaro und – ein Zeuge. Dieser Zeuge dürfte sich für das, was sich zwischen den beiden uns bekannten Personen abspielte, sehr interessiert haben. Er mußte der Unterredung unbeobachtet beizuwohnen versuchen, nicht wahr? Warum sollte er also nicht diese Büsche, die ihm einen unbehinderten Ausblick auf die sich abspielende Szene gestatteten, als Standort gewählt haben?«

»Ja –«, meinte Mansus, »aber dasselbe hätte er auch von der andern Straßenseite aus beobachten können. Dort ist die Hecke dichter und höher, und die Gefahr, gesehen zu werden, wäre geringer gewesen.«

Sein Chef lächelte.

»Wirklich, Freund Mansus, Sie beweisen mit Ihrer Bemerkung, daß Sie gelegentlich sogar selbständig zu denken vermögen. Und Sie haben sogar recht. Nur –«, fuhr T. X., als der Inspektor mit einem schwachen Lächeln auf das gespendete Lob reagierte, fort, »lassen Sie dabei einen sehr einfachen Umstand außer acht. Ich will gerne zugeben, daß der von mir erwähnte Platz denkbar ungünstig für den neugierigen Zeugen war. Wir wollen deshalb annehmen, daß er ihn auch nur deshalb gewählt hat, weil er ihn leicht erreichen konnte – nämlich durch die Lücke im Gebüsch. Wir dürfen ferner annehmen, daß er hier von Vassalaro, der auf Lexman wartete, nicht gesehen wurde. Übrigens hat er ja auch die Patrone auf dieser Straßenseite verloren, ganz abgesehen davon, daß er hier hinter der Hecke seine Zigarre weggeworfen hat.«

»Seine Zigarre?« wiederholte Mansus.

»Ja, seine Zigarre.«

»Er kann sie ja auch von der Straße aus ...« wollte der Inspektor einwenden.

»Reden Sie keinen Unsinn!« wies ihn T. X. zurecht.

Er führte seinen Begleiter ein paar Schritte hinter der Hecke entlang und zeigte dann auf eine Stelle am Boden. Dort lag, völlig regendurchweicht, der Stummel einer halbaufgerauchten Zigarre. Er prüfte den Fund mit aller Sorgfalt.

»Soweit ich Zigarrenkenner bin, muß das eine recht kostbare Zigarre gewesen sein.«

Auf der Suche nach weiteren Spuren fand Meredith endlich doch noch etwas, das die Mühen belohnte. Bei der Kreuzung zeichnete sich auf dem noch feuchten Boden die Reifenspur eines Autos ab.

»Hier hat der Wagen gewendet!« T. X. folgte der Spur ein Stück weit auf der nach links führenden Straße. »Und hier hat er gewartet. Sehen Sie die Öltropfen?« Er bückte sich. »Und hier liegen die Streichholzenden, die der Chauffeur weggeworfen hat –

ein, zwei, drei, vier, fünf, sechs. Wenn wir annehmen, daß man für eine Zigarette höchstens zwei Streichhölzer benötigt, dann kommen wir auf drei gerauchte Zigaretten. Hier liegt ja auch noch ein Stummel! Gold Flake? Diese Zigarette brennt zwölf Minuten, wenn das Wetter normal ist; bei starkem Wind dürften es jedoch nur etwa acht Minuten sein. Der Wagen hat hier also während ungefähr vierundzwanzig Minuten auf jemand gewartet. Wie finden Sie meine Logik, Mansus?«

»Na ja, sie leuchtet mir ein«, gab der Inspektor zu.

Weitere Radspuren fanden die beiden nicht, obwohl sie der Straße bis zu ihrer Einmündung in die Hauptallee folgten. Hier die Suche noch fortzusetzen war zwecklos, da der nächtliche Regenguß sämtliche Spuren verwischt haben mußte. Rechtzeitig erreichten sie den Bahnhof.

»Sobald Sie in London ankommen, fahren Sie zum Cadogan Square und nehmen Karas Chauffeur fest!« befahl T. X. dem Inspektor.

»Wie soll ich die Verhaftung begründen?«

»Das überlasse ich Ihnen. Es wird Ihnen schon irgendein Grund einfallen. Wahrscheinlich aber kommen Sie zu spät, und der Chauffeur hat sich schon heute früh nach dem Festland abgesetzt. Dann haben wir das Nachsehen, denn das Kanalboot hat Dover schon lange verlassen und dürfte jetzt in Boulogne sein. Damit wäre es unserer Machtsphäre entrückt. Wenn Sie aber Glück haben und ihn doch noch erwischen, dann verhören Sie ihn bitte sofort.«

Erst als es zu dunkeln begann, kehrte T. X. müde nach ›Beston Priory‹ zurück. Ein Telegramm seines ergebenen Mansus erwartete ihn.

›Chauffeur namens Goole, früher Kellner im Englischen Klub, Konstantinopel, heute morgen nach dem Osten abgereist, da angeblich Mutter schwer erkrankt.‹

»So!« brummte T. X. »Ich hätte Kara mehr Erfindungsgabe zugetraut.«

6

Meredith befand sich in Lexmans Arbeitszimmer, als das Dienstmädchen hereinkam und Mr. Remington Kara anmeldete.

Meredith faltete das Telegramm zusammen und schob es in seine Westentasche. Dann begrüßte er den Eintretenden mit einer kurzen Verbeugung. Die Pflichten des Hausherrn übernehmend, schob er dem Besucher einen Stuhl hin.

»Sie werden meinen Namen vielleicht schon gehört haben -« begann Kara das Gespräch, »ich bin mit Mr. Lexman befreundet.«

»Ja, es wurde mir berichtet – aber, bitte, lassen Sie sich deshalb nicht davon abhalten, Platz zu nehmen.«

Der Grieche war verblüfft. Dann lächelte er, deutete ebenfalls eine Verbeugung an und setzte sich.

»Wie sehr ich es bedaure, daß meinem Freund so etwas passieren mußte, brauche ich wohl nicht zu betonen. Ganz besonders bedrückt mich der Gedanke, daß ich selbst es war, der ihn mit dem unglückseligen Geldverleiher bekannt machte.«

»Ich würde mir an Ihrer Stelle deswegen den Schlaf nicht rauben lassen«, beruhigte ihn Meredith. »Es soll sehr oft vorgekommen sein, daß ein Mörder seinem zukünftigen Opfer durch einen Dritten vorgestellt wurde.«

Wieder war der Besucher sprachlos.

»Wann haben Sie denn Mr. Vassalaro zum letztenmal gesehen?« erkundigte sich T. X. beiläufig.

Überlegend zog Kara die Brauen hoch.

»Es dürfte etwa eine Woche her sein«, sagte er endlich.

»Denken Sie doch bitte noch einmal nach, Mr. Kara – vielleicht fällt Ihnen dann ein, daß Sie ihn seitdem noch einmal gesehen und gesprochen haben.«

»Leider . . .« begann der andere.

»Lassen Sie nur! Es ist nicht so wichtig. Nur eine Frage gestatten Sie mir noch: Sie waren doch dabei, als Lexman den bewußten Brief von Vassalaro erhielt, nicht wahr? Daß er den Brief erhalten hat, weiß ich bestimmt«, versicherte T. X., als er Kara zögern sah. »Das Dienstmädchen, das den Brief überreichte, bestätigte diese Aussage Lexmans unter Eid.«

»Ja«, gab Kara nun zu. »Ich war im Zimmer, als John den Brief erhielt.«

»Geschrieben war er auf braunem, ziemlich auftragendem Papier, nicht wahr? Und der Umschlag war entsprechend dick?«

Wieder ein kurzes Zögern.

»An die Papierfarbe kann ich mich nicht erinnern. Ich könnte also nichts beschwören. Auch über den Umfang der Sendung wüßte ich nichts zu sagen.«

»Sie haben doch sicher einen Blick darauf geworfen, nicht? Wie wären Sie sonst dazu gekommen, den Umschlag zu verbrennen?«

»Ich kann mich nicht entsinnen, das getan zu haben«, erwiderte Kara

»Jedenfalls aber haben Sie doch, als John Lexman Ihnen den Brief vorlas . . .«

»Von welchem Brief sprechen Sie eigentlich?«

»Von dem Drohbrief, den Lexman erhielt«, setzte Meredith dem Griechen geduldig auseinander. »Er hat Ihnen das Schreiben vorgelesen. Ebenso wußten Sie, daß Vassalaro der Absender war. Und Sie waren Zeuge, als er den Brief in den Geldschrank legte.«

Kara schüttelte abwehrend den Kopf.

»Ich glaube, John irrt sich. Ich erinnere mich zwar, daß Mr. Lexman in meiner Gegenwart einen Brief erhielt, weiß aber vom Inhalt nicht das geringste. Er ist mir weder vorgelesen worden, noch habe ich ihn in der Hand gehabt.«

Mit zusammengekniffenen Augen schaute T. X. Kara an.

»Sie würden also beschwören können, daß Sie den Brief weder selbst gelesen haben, noch daß er Ihnen von Lexman vorgelesen worden ist? Sie wissen auch nicht, ob der Brief, den Lexman in Ihrer Gegenwart erhielt, Drohungen enthielt?«

»Gewiß könnte ich das alles beschwören.«

»Wollen Sie auch beschwören, daß Sie Vassalaro seit einer Woche nicht gesprochen haben?«

Der Besucher lächelte.

»Ohne weiteres.«

»Sie haben ihn also auch vorletzte Nacht nicht gesehen?« bohrte T. X. weiter. »Sie waren nicht mit Vassalaro zusammen, haben ihn nicht auf dem Bahnsteig von Lewes getroffen? Haben Sie, als Sie ihn dann verließen, Ihren Weg nach London fortgesetzt, oder sind

Sie etwa wieder umgekehrt, um sich in der Umgebung von Beston Tracey aufzuhalten? Würden Sie auch einen Eid ablegen, daß Sie in der Nacht, in der Vassalaro getötet wurde, nicht auf einer Wiese hinter einer Hecke gestanden haben, von wo aus Sie die Szene zwischen den beiden mitansehen konnten?«

Kara war bleich geworden, aber nicht ein einziges Zucken verriet, daß ihm die Fragen zusetzten.

»Das alles kann ich beschwören.«

Sein Stimme klang jetzt unsicher.

»Dann würden Sie auch die Zeit Ihrer Ankunft in London beschwören können, Mr. Kara?«

»Zwischen zehn und elf kam ich dort an.«

T. X. lachte.

»Sie sind also nicht gegen halb eins durch Guildford gefahren? Haben Sie dort nicht gehalten, um zu tanken?«

Nun hatte Kara seine Fassung wiedergewonnen. Brüsk erhob er sich.

»Was sind Sie doch für ein kluger Mann, Mr. Meredith! So heißen Sie doch, nicht war?«

»Ja, so heiße ich. Bis jetzt hatte ich auch noch keine Veranlassung, einen anderen Namen anzunehmen, was bei Ihnen jedoch schon häufig der Fall gewesen sein dürfte.«

Befriedigt stellte T. X. fest, daß der Hieb gesessen hatte.

»Ich glaube, ich muß gehen«, sagte Kara kühl. »Ich kam hierher, um Mrs. Lexman einen Besuch abzustatten. Wie konnte ich ahnen, daß ich mit einem Polizeibeamten vorliebnehmen mußte.«

Meredith erhob sich und zündete sich eine Zigarette an.

»Mein lieber Mr. Kara, ich prophezeie Ihnen, daß Sie sich noch öfter im Leben mit Polizeibeamten werden begnügen müssen.«

»Was wollen Sie damit sagen?«

»Nun, es kann Ihnen immer einmal passieren, daß Sie jemand treffen wollen – und ein anderer taucht auf. Und wenn Sie bei Ihren künftigen Unternehmungen nicht sehr viel Glück haben, wird der andere eben ein Polizeibeamter sein.« Er zwinkerte dem Griechen zu. »Zwei Beweise fehlen mir, um die Unschuld Lexmans zu belegen – der erste ist der Brief, der verbrannt wurde. Das wissen Sie doch, nicht wahr?«

»Ja, das ist mir bekannt.«

Meredith blickte Kara fest an.

»Woher?«

»Irgend jemand muß in meiner Gegenwart davon gesprochen haben.«

»Sie lügen. Außer Mr. Lexman und mir weiß niemand von dem verbrannten Brief.«

»Aber, mein Bester«, erwiderte Kara und streifte sich gemächlich die Handschuhe über die Finger, »wissen Sie denn nicht mehr, daß Sie selbst mich fragten, ob ich den Brief verbrannt hätte?«

»Ich sprach nur vom Umschlag«, stellte T. X. richtig.

»Und welches wäre der zweite der Beweise, den Sie benötigen?«

»Ein Revolver!«

»Der von Lexman?«

»Den haben wir. Wir suchen die Waffe Vassalaros – die, mit der er Lexman bedrohte.«

»Da werde ich Ihnen wohl nicht helfen können.«

Kara schritt zur Tür. Meredith folgte ihm.

»Sieh da! Sie haben einen neuen Chauffeur, Mr. Kara?«

Bleich vor unterdrücktem Zorn, stieg der Grieche rasch ins Auto.

»Sie werden doch sicher Ihrem früheren Chauffeur ein paar Zeilen schreiben, nicht wahr?« rief ihm Meredith nach. »Bestellen Sie ihm doch einen Gruß von mir, und vergessen Sie ja nicht, sich nach dem Befinden seiner armen Mutter zu erkundigen!«

Ohne ein Wort zu erwidern, ließ sich Kara in den bequemen Sitz fallen.

7

Etwa sechs Monate nach den geschilderten Ereignissen saß T. X. in seinem Arbeitszimmer vor einer Generalstabskarte der Provinz Sussex. Mit der Bleistiftspitze folgte er mühsam einigen eingezeichneten Wasserläufen. In dieser Beschäftigung wurde er durch den Eintritt des Polizeipräsidenten gestört.

»Was treiben Sie denn da?« brummte der alte Herr skeptisch.

In seinem Freundeskreis pflegte er von seinem Chefinspektor als von einer notwendigen ›Geißel Gottes‹ zu sprechen.

»Ich bin dabei, mich in geographischer Spürarbeit zu versuchen«, erwiderte T. X. unbekümmert.

»Das ist aber ein ziemlich altes Exemplar, das Sie da studieren«, meinte Sir George nach einem raschen Blick auf die Karte.

»Ja. Sie erschien im Jahre 1876. Ich muß aber eine so alte Karte haben. In den modernen Karten fehlen eine ganze Anzahl von Wasserläufen, die entweder verschwunden oder einfach unter den Tisch gefallen sind. Ich weiß bestimmt, daß ich auf dieser Karte den Bach finden werde, den ich auf allen neueren Ausgaben vergeblich gesucht habe.«

»Ihre Hoffnungen in der Sache ›Lexman‹ haben Sie also noch immer nicht begraben?«

»Das wird nie der Fall sein.«

»Für Lexman ist die Geschichte doch eigentlich noch glimpflich abgelaufen! Fünfzehn Jahre hat er bekommen, nicht wahr?«

»Ja – fünfzehn Jahre«, wiederholte Meredith nachdenklich.

Sir George stand am Fenster und blickte auf Whitehall hinaus.

»Stimmt das, war mir von Ihrer Versöhnung mit Kara erzählt worden ist?«

Meredith murmelte etwas Unverständliches vor sich hin, was der Präsident als Bejahung aufzufassen schien.

»Wissen Sie, daß Ihr Freund und Feind alles mögliche versucht hat, Ihnen im Amt den Hals zu brechen?«

»Bestimmt wußte ich es zwar nicht – aber ich hatte es vermutet. Schließlich habe ich mein möglichstes versucht, Mr. Kara an den Galgen zu bringen. Warum sollte er nicht auch versuchen, mir am Zeug zu flicken? Wie hat er es denn angestellt? Hat er Parlamentarier, Minister mobilisiert?«

»Ganz richtig. Er hat überhaupt alle nur möglichen Hebel in Bewegung gesetzt, um sein Ziel zu erreichen. Nun gut, ich kann alles begreifen, nur – daß Sie ihn um Verzeihung gebeten haben sollen, das will mir nicht in den Kopf.«

»Mein Gott«, seufzte T. X. und machte eine wegwerfende Handbewegung. »Daß Ihnen das nicht in den Kopf will, wundert mich nicht im geringsten. Es gibt so vieles, was Sie nicht begreifen.«

»Sie sind ein unverschämter Frechling!« konstatierte Sir George. »Kommen Sie mit zum Essen?«

»Wohin wollen Sie mich denn führen?«

»In meinen Klub.«

Dann werden Sie auf das Vergnügen meiner Gesellschaft verzichten müssen, Sir George. Ich habe Sie ein einziges Mal dorthin begleitet, und das dürfte mir für den Rest meines Lebens genügen. Muß ich mich noch deutlicher ausdrücken?«

Brummend verließ der Chef das Zimmer, und Meredith vertiefte sich wieder in seine Karte. Er lächelte. Als er damals Kara die Hand zur Versöhnung reichte, hatte er ganz bewußt auf die maßlose Eitelkeit des Griechen abgestellt. Und tatsächlich war ihm Kara sogleich liebenswürdig entgegengekommen, als er sich mit ein paar höflichen Worten bei ihm wegen der Szene in ›Beston Priory‹ entschuldigte. So rasch war die einstige Feindschaft in Freundschaft umgeschlagen. Ja, man konnte von eigentlichen Bemühungen Karas sprechen, dem andern das Leben so angenehm wie möglich zu machen und ihm Vorteile zu verschaffen. Tips für Kapitalanlagen, von denen T. X. jedoch keinen Gebrauch machte, sollten dem zuvor so gehaßten Polizeibeamten zu einem Vermögen verhelfen. Der Wink, Aktien eines kleinasiatischen Verkehrsunternehmens zu kaufen, hätte Meredith – würde er den Rat befolgt haben – einen hundertprozentigen Reingewinn innerhalb weniger Wochen eingebracht.

Meredith war Grace Lexman beim Verkauf des Hauses ›Beston Priory‹ behilflich gewesen. Er war es, der eine neue Wohnung in der Stadt suchte und auch die Übersiedlung nach London in die Wege leitete. Aus dem Erbe ihrer Tante und den Honoraren Lexmans bezog Grace ein ausreichendes Einkommen, um ihr Leben sorglos gestalten zu können. Seit der Verurteilung des Schriftstellers stieg der Absatz seiner Bücher unaufhaltsam.

»Fünfzehn Jahre –« wiederholte Meredith leise, als er sich von neuem über die Karte von Sussex beugte.

Von Anfang an lag der Fall für John Lexman hoffnungslos: Er war Vassalaro Geld schuldig gewesen und konnte seine Behauptung, Drohbriefe erhalten zu haben, nicht beweisen. Der Revolver, den der Geldverleiher angeblich gegen ihn gerichtet hatte, war nicht mehr aufzufinden – wer also sollte die Schauermär glauben? Nur zwei Menschen glaubten Johns Darstellung – seine Frau Grace und T. X., dem immerhin ein freundschaftlich gesinnter Minister versprochen hatte, er werde Lexman sofort begnadigen, wenn es gelinge, den verschwundenen Revolver herbeizuschaffen.

Jeder Bach, jedes noch so kleine Gewässer in der Umgebung des Tatorts war durchsucht worden. Endlich mußte Meredith einsehen, daß hier drastische Maßnahmen erforderlich waren. Wie immer zerbrach er sich über ihre Gesetzmäßigkeit nicht lange den Kopf.

In Abwesenheit Karas tauchte in dessen Haus ein Monteur auf, der sich mit so überzeugender Sicherheit auswies, daß ihm ohne weiteres der Zutritt zum Schlafzimmer des Hausherrn gestattet wurde. Als Kara am nächsten Tag zurückkehrte, unterrichtete man ihn über den Besuch des Elektrikers. Aber er schenkte der Sache erst Beachtung, als er am Abend sein Schlafzimmer betrat, den Geldschrank aufgebrochen und alles durchwühlt fand.

8

Meredith trocknete sich gerade die Hände ab, als er im Vorzimmer die Stimme seines Gehilfen Mansus hörte. Gleich darauf trat der Inspektor aufgeregt ein. Schon die Eile, mit der er ins Zimmer stürzte – er gehörte sonst nicht zu denen, die sich leicht aus der Ruhe bringen lassen –, war für T. X. ein Zeichen, daß sich etwas Wichtiges zugetragen haben mußte.

»Nun, wo brennt es?« fragte er den Erregten.

»Wir haben damals vergessen, die Wohnung Vassalaros zu durchsuchen!« rief Mansus atemlos aus. »Ich kam darauf, als ich eben auf dem Verdeck eines Omnibusses von Westminster Bridge . . .«

»Wenn Sie ausgeschlafen haben, können Sie weitererzählen, Mansus!« schnitt T. X. den Redefluß ab. »Und machen Sie keine so langen Einleitungen! Natürlich haben wir Vassalaros Wohnung durchsucht. Wissen Sie das schon nicht mehr?«

»Nein, Sir«, beharrte der Inspektor, »er hatte eine Wohnung in der Great James Street.«

»Was Sie nicht sagen! Er wohnte in der Adelphi.«

»Er hatte aber doch zwei Wohnungen, verdammt noch mal!« deckte Mansus seine Karten auf.

»Wo haben Sie denn das her?« fragte T. X. aufhorchend.

»Eben – Sie haben mich ja unterbrochen! Im Omnibus saßen auf den Plätzen vor mir zwei Herren, und einer von ihnen erwähnte plötzlich den Namen Vassalaro. Er erzählte, daß in der Wohnung des Ermordeten an der Great James Street eine Reihe von Sachen zurückgeblieben seien. Der das sagte, war der Besitzer des betreffenden Hauses, und er fragte seinen Begleiter, was er wohl mit dem Zeugs anfangen solle.«

»Und Sie?«

»Ich gab mich als Kriminalbeamter zu erkennen und forderte den Mann auf, mir zur Wache zu folgen.«

»Und er schloß den Mund wie eine Auster, wie?«

»Anfangs wollte er sich in Schweigen hüllen, packte dann aber nach und nach doch alles aus, was er wußte. Vassalaro hätte in seinem Haus, Great James Street Nummer 604, die dritte Etage bewohnt. Einige seiner Möbel stünden noch dort. Offensichtlich hat er beide Wohnungen benutzt.«

Meredith lächelte vielsagend, aber Mansus schüttelte den Kopf.

»Nein, was Sie vermuten, stimmt nicht. Vassalaro war zwar verheiratet, doch seine Frau hatte ihn bereits vor einigen Monaten verlassen. Die Wohnung in Adelphi benutzte er mehr für Geschäftszwecke, während er sonst die Wohnung in der Great James Street vorzog. Ich schärfte dem Mann im Omnibus ein, alles in der Wohnung so zu belassen, wie es gegenwärtig sei, und kündigte an, daß Sie und ich baldigst erscheinen würden.«

Schon zehn Minuten später befanden sich die beiden Beamten in der etwas unfreundlich wirkenden Wohnung des Verstorbenen. Der Hausbesitzer teilte ihnen mit, daß die meisten Möbel sein Eigentum seien; einige kleinere Stücke und alle übrigen Sachen hätten dem Toten gehört. Überflüssigerweise fügte er hinzu, daß Vassalaro ihm seit sechs Monaten die Miete schuldig geblieben sei.

Das Eigentum des Verstorbenen bestand aus einem Blechkoffer, einem kleinen Schreibtisch, einem Bücherregal und verschiedenen Kleidungs- und Wäschestücken. Der Schreibtisch war verschlossen, der Koffer dagegen offen. Seine genaue Durchsuchung förderte nichts von Wichtigkeit zutage. Ohne besondere Schwierigkeiten wurden die Schlösser des Schreibtisches aufgebrochen. In seinen Fächern fanden sich unzählige Briefe, Rechnungen, Belege und Notizbücher in einem wirren Durcheinander, wie man es bei einem unordentlichen Geschäftsmann, der Vassalaro unstreitig gewesen sein mußte, eben anzutreffen pflegt.

Ohne etwas den Fall Lexman Betreffendes zu finden, las T. X. einen Brief nach dem andern durch. Als er die Lektüre ergebnislos abbrach, fiel sein Blick auf einen kleinen Blechkasten, der zuhinterst in einem der Schreibtischfächer stand. Er öffnete die Kassette und fand darin ein in Stanniol eingewickeltes Päckchen.

»Teufel!« rief er aus, als er den Inhalt näher untersuchte.

Seine Aufregung war angesichts des wertvollen Fundes, den er gemacht hatte, durchaus begreiflich.

9

Auf dem peinlich sauberen Hof vor dem Haus des Zuchthausdirektors von Dartmoor stand ein Mann in Sträflingskleidung. Seine Haare waren kurz geschnitten, und zwei Tage alte Stoppeln bedeckten seine hageren Wangen. Die Hände vorschriftsmäßig auf dem Rücken gefaltet, wartete er auf den Befehl, der ihn wieder an seine tägliche Fronarbeit schicken sollte.

John Lexman, Zuchthausinsasse A.0.43, blickte zu dem Stückchen blauen Himmel empor, das die vier Meter hohen Mauern freigaben. Was würde der heutige Tag bringen? Was konnte es schon Neues geben? Jeder Sonnenaufgang war der Beginn einer neuen Ewigkeit. Wie viele endlos scheinende, furchtbare Jahre lagen noch vor ihm! Er wagte nicht, es sich vorzustellen, wagte nicht, an seine Frau zu denken ...

Er hatte sich völlig neuen Lebensbedingungen anpassen müssen. Sein ganzes Interesse konzentrierte sich auf Fragen wie diese: Wie wird heute das Essen sein? Was wird es zu essen geben? Was für ein Buch bekomme ich am Sonntag aus der Zuchthausbibliothek? Solche Dinge füllten den Tag aus, würden die Zukunft ausfüllen – genauso wie die tägliche Arbeit, die man ihm zuteilte. Heute zum Beispiel sollte er Türen und Fenster in einem außerhalb der Zuchthausmauern gelegenen und von Anstaltsbeamten bewohnten Haus anstreichen. Gestern abend hatte man es ihm mitgeteilt. Ein Beamter hatte ihn kommen lassen und ihm die heutige Arbeit zugewiesen. Warum? Lexman wußte es nicht.

»Drehen Sie Ihr Gesicht zur Wand!« befahl ihm eine rauhe Stimme.

Mechanisch führte er den Befehl aus und starrte die graue Mauer an. Hinter sich hörte er die schlurfenden Schritte des Steinbruchkommandos und das Klirren der Ketten, mit denen die Leute dieser Gruppe zusammengeschlossen waren.

Er war nach Dartmoor gebracht worden, nachdem er in Wormwood Scrubbs drei Monate lang auf das Leben im Zuchthaus vorbereitet worden war. Verschiedene Mitgefangene hatten ihn als besonders glücklich gepriesen, weil er, statt der üblichen zwölf Monate Vorbereitungszeit in Warmwood Scrubbs schon nach relativ kurzer Zeit in die größere Freiheit des Zuchthauses versetzt worden war. In der Anstalt von Princetown waren Gerüchte im Umlauf, daß man den Gefangenen A.0.43 in Kürze nach Parkhurst, dem Paradies der englischen Zuchthäusler, überführen würde.

Hinter all diesen Erleichterungen spürte Lexman den Einfluß seines Freundes T. X. Meredith.

Die Stimme des Wärters riß ihn aus seinen Gedanken.

»Nummer 43, rechts um, marsch!«

Der bewaffnete Wärter folgte dicht hinter ihm. Durch das eisenbeschlagene Tor der Anstalt hinaustretend, schlugen sie den Weg nach rechts, dem Dorfe zu, ein, durchquerten Princetown und gelangten auf die Landstraße nach Tavistock. Hier hatten kürzlich einige Aufseher der Anstalt zwei oder drei Häuser gemietet, mit deren Ausbesserung verschiedene Sträflinge betraut wurden.

Das erste Haus war noch unbewohnt. Ein Tapezierer, ebenfalls von einem Wärter begleitet, wartete schon auf die Ankunft seines ›Malerkollegen‹. Der Aufseher, der mit dem Tapezierer gekommen war, verabschiedete sich von Lexmans Wärter und ließ ihn mit den beiden Gefangenen allein.

Etwa eine Stunde lang beaufsichtigte der Wärter die Arbeiten, die die beiden verrichteten, dann begab er sich ins untere Stockwerk, und kurz darauf hörte man seine Schritte auf dem Kies des Gartens.

»Wie bist du zu deinem Knast gekommen?« erkundigte sich der Tapezierer sofort, als die Luft rein war.

Lexman lächelte. Sooft er auch danach befragt wurde – immer tauchte in den Augen seiner Mitgefangenen ein Funke erhöhten Respekts auf, wenn sie erfuhren, was ihn ins Zuchthaus gebracht hatte.

»Mord!«

»Hu! Wieviel haben sie dir denn angehängt?«

»Fünfzehn!«

»Das heißt also, daß du bei guter Führung elfdreiviertel Jahre durchzuhalten hättest! Nächste Woche bin ich mit meiner jetzigen Strafe fertig. Ich war noch ganz jung, als ich zum erstenmal . . .«

Der Tapezierer brach ab, denn von der Treppe klangen die Schritte des zurückkehrenden Aufsehers herauf.

»Nummer dreiundvierzig, kommen Sie sofort herunter!« rief der Wärter aus dem Treppenhaus.

In stummem Gehorsam griff Lexman nach seinem Arbeitsgerät und ging nach unten.

»Was macht der andere oben?« fragte der Wärter.

»Er arbeitet.«

Der Aufseher winkte Lexman zu, ihm zu folgen, und die beiden traten vor die Haustür. Weit vorn, dort, wo sich die Landstraße in großem Bogen Princetown zuwandte, war inmitten einer Staubwolke ein großes Auto in Sicht gekommen.

»Bleiben Sie hier stehen, bis der Wagen herankommt«, sagte der Wärter aufgeregt. »Ich gehe jetzt nach oben. Werfen Sie Ihren Farbtopf hin, sobald der Wagen anhält – und springen Sie hinein!«

Lexman schoß das Blut in den Kopf.

»Um Gottes willen!« stammelte er. »Was soll das bedeuten?«

»Schwingen Sie nicht so lange Reden und fragen Sie nicht soviel – tun Sie, was ich Ihnen sagte!« zischte der Wärter und verschwand.

Wie im Traum ließ Lexman den Topf fallen und ging langsam durch den Garten zur Gittertür, vor der eben ein graues Auto hielt. Er sprang aufs Trittbrett – die Wagentür stand offen – und streckte sich auf dem Boden des Fahrzeugs aus. Die Tür schlug zu, und mit einem Ruck fuhr der Wagen an. Schneller und schneller raste er über die glatte Chaussee, die vereinzelten Wohnhäuser bald hinter sich lassend.

Nach langer Zeit verriet das heftig einsetzende Schwanken, daß man offenbar die Fahrstraße verlassen hatte und sich auf offenem Heideland fortbewegte. Kurz darauf hielt der Wagen an.

»Steigen Sie aus!« befahl eine barsche Stimme.

Noch erschöpft von der qualvollen Fahrt, blickte sich John Lexman um. In weiter Ferne hoben sich die Türme und Zinnen des Zuchthauses vom klaren, blauen Himmel ab. Kaum hatte der Entflohene seinen Fuß auf den Heideboden gesetzt, als das Auto schon wendete und mit zunehmender Geschwindigkeit in östlicher Richtung auf der Landstraße verschwand.

Niemand war zu sehen! Was sollte er beginnen? Ein Anruf ließ ihn zusammenschrecken.

»Kommen Sie schnell hierher, Lexman!«

Etwa fünfzig Meter entfernt stand ein weißes Sportflugzeug startbereit auf dem rötlichen Heidekraut. An der Maschine lehnte eine vollständig in braunes Leder gehüllte Gestalt. Erleichtert aufatmend lief Lexman auf den Unbekannten zu, um überrascht stehenzubleiben, als er ihn erkannte.

»Remington Kara?« rief er aus, und der Mann in Braun lächelte. »Was machen Sie hier? Was soll das alles bedeuten? Was wollen Sie von mir?« stotterte Lexman.

»Zu viele Fragen auf einmal, Lexman! Ich will die letzte zuerst beantworten – ich bin gekommen, um Sie zu retten!«

»Retten? Mich? Warum? Sie wissen, ich habe keine besondere Ursache, Ihnen dankbar zu sein. Ein einziges Wort von Ihnen hätte mir die Zuchthauszeit erspart!«

»Ich hatte wirklich vergessen, daß Sie an jenem Abend einen Brief von Vassalaro erhalten hatten. Sollte ich mich eines Meineids schuldig machen, um Sie zu retten? Jetzt aber will ich das Versäumte nachholen und für Sie und Ihre Frau tun, was ich vermag.«

»Meine Frau? Was wissen Sie von ihr?«

»Sie erwartet Sie –«, erwiderte Kara kurz. Horchend hielt er die Hand ans Ohr – deutlich war nun das Echo eines Böllerschusses zu hören. »Man hat Ihre Flucht entdeckt, Lexman! Wir dürfen uns keinen Augenblick länger hier aufhalten – kommen Sie!« Mit einladender Geste wies er auf die offenstehende Tür der Flugzeugkabine. »Das ist eine Maschine vom allerneuesten Modell – steigen Sie ein!«

Mit schrillem Pfeifen begann sich der Propeller zu drehen, und die Maschine kam trotz des unebenen Bodens schnell in Fahrt. Schon nach dreißig Metern erhob sie sich vom Erdboden und stieg schnell höher und höher. Weit im Osten leuchteten die weißen Häuser von Torquay, während unter dem Flugzeug die See immer näher rückte. Bald blieb das Festland zurück, und weiter seewärts ging der Flug, bis auch die letzten Ausläufer der Küste sich in der Ferne verloren. Die Maschine senkte sich langsam und strich dicht über dem ruhig wie ein Spiegel daliegenden Wasser hin. Der Propeller dröhnte und machte jede Unterhaltung unmöglich. Von Zeit zu Zeit warf Kara einen Blick auf den Kompaß und änderte leicht die Richtung. Jetzt ließ er den Steuerknüppel einen Augenblick los, zog einen Schreibblock aus der Tasche, warf rasch ein paar Zeilen aufs Papier, riß den Zettel ab und reichte ihn Lexman.

›Für den Fall, daß Sie nicht schwimmen können, befindet sich unter Ihrem Sitz ein Schwimmgürtel‹, las Lexman und nickte.

Im Westen war ein kleiner weißer Fleck aufgetaucht, dem das Flugzeug nun zustrebte. Bald erkannte man eine lange, schmale, weiße Dampfjacht. Tiefer und tiefer senkte sich das Flugzeug, bis es endlich in der Nähe der Jacht aufsetzte, von der inzwischen ein Boot abgestoßen war.

»Die Tragflächen halten die Maschine noch einige Zeit über Wasser. Zehn Minuten Schwimmen werden genügen, bis unsere Leute uns auffischen können«, bemerkte Kara und stieß die Kabinentür auf.

Kurz darauf wurden die beiden von dem herankommenden Boot aufgenommen und auf die Jacht gebracht. Vom blendend sauberen Oberdeck aus beobachtete Kara das schnelle Sinken des weißen Vogels.

»Hier versinken fünfzehnhundert Pfund! Wenn Sie noch die zweitausend hinzurechnen, die ich Ihrem Aufseher als Bestechungsgeld zahlte, dann kommt eine hübsche Summe zusammen. Aber – wenn ich Ihnen dienlich sein kann, ist mir nichts zuviel . . .«

10

Um ein Uhr – eine Stunde nach Mitternacht – verließ T. X., das Herz voll Freude und Zuversicht, das Innenministerium in der Dorning Street. Den Spazierstock ohne jede Rücksicht auf die Gefährdung der Fußgänger hin und her schwenkend, lächelte er leutselig einem ihn grüßenden Polizisten zu.

Mit langen Schritten eilte er die Stufen zu seinem Amtszimmer hinauf, wo er Mansus, eine Abendzeitung lesend, antraf.

»Habe ich Sie lange warten lassen?« begrüßte Meredith mit glückstrahlender Miene den Inspektor. »Morgen früh fahren wir nach Devonshire. Die Fahrt wird Ihnen guttun.« Er entnahm der Innentasche seines Rockes ein amtlich aussehendes Schriftstück, das zu bekommen er keine Mühe gescheut hatte. Mit einem für ihn ungewöhnlichen Ernst sagte er: »Das Auffinden des Revolvers war ein Meisterstück von Ihnen, Mansus!«

Man sah ihm an, daß das Lob, das er seinem Inspektor spendete, aufrichtig gemeint war. Der andere errötete in freudigem Stolz, denn T. X. war bei seinen Leuten außerordentlich beliebt. Ein Wort des Lobes von seinen Lippen bedeutete fast immer baldige Beförderung. Es war die Idee des Inspektors gewesen, die Landstraße nach Lewes und alle Wasserläufe in der Nähe aufs eingehendste durchsuchen zu lassen. Beim dritten Versuch hatte man dann zwischen Gatwick und Horsley endlich den so lange gesuchten Revolver gefunden. Der auf dem Griff eingravierte Name bekundete, über jeden Zweifel erhaben, daß die Waffe das Eigentum des erschossenen Vassalaro gewesen war. Als T. X. die kostbare Intarsienarbeit und den Perlmuttergriff sah, hatte er sich die Bemerkung nicht verkneifen können:

»Damit hat ein großer Schurke sich dem kleinen Werkzeug seiner Pläne erkenntlich zeigen wollen!«

Dem Minister würde zur Begnadigung wohl schon die Auffindung der Waffe genügt haben, aber T. X. hatte noch mehr Beweise beibringen können. In der Wohnung Vassalaros, die Mansus durch einen so glücklichen Zufall entdeckt hatte, war eine ganze Anzahl der chemisch-präparierten Briefblätter gefunden worden, wie man sie Lexman ins Haus geschickt hatte. Außerdem war man auf den Textentwurf des Drohbriefes gestoßen, den Vassalaro Lexman hatte zukommen lassen. Offensichtlich war das Schreiben dem Geldverleiher diktiert worden, dem die aufgefundene Vorlage zeigte zahlreiche Verbesserungen, die von zweiter Hand stammten.

Um den Minister zu überzeugen, wie übel dem verurteiletn Schriftsteller mitgespielt worden war, hatte Meredith in Gegenwart des hohen Herrn und des Polizeipräsidenten ein Blatt des chemisch-präparierten Briefpapiers einige Minuten dem elektrischen Licht ausgesetzt. Das Resultat hatte die beiden Herren zwar veranlaßt, den Gestank, den das verbrennende Papier verbreitete, zu verfluchen, jedoch auch die Ausfertigung der Begnadigungsurkunde beschleunigt.

T. S. sah auf seine Uhr.

»Für den Besuch bei Mrs. Lexman dürfte es zu spät sein.«

»Für eine derartige Botschaft ist jede Tages- oder Nachtzeit geeignet«, widersprach Mansus.

Die beiden wurden jedoch enttäuscht. Niemand antwortete auf ihr Klingeln an Mrs. Lexmans Wohnungstür. Der Nachtportier glaubte zu wissen, daß die Dame verreist sei, und telefonierte, um Gewißheit zu erlangen, mit seinem Kollegen vom Tagdienst, der die Vermutung bestätigte. Mrs. Lexman wäre verreist, um, wie sie gesagt habe, einen Wochenendbesuch zu machen. Sie sei mit zwei Reisetaschen aus dem Haus gegangen und recht aufgeregt gewesen.

»Die Sache gefällt mir ganz und gar nicht«, meinte T. X. verstimmt. »Ob wohl jemand etwas von unseren Funden erfahren hat?«

»Außerhalb des Amtes bestimmt nicht«, versicherte Mansus, »außer . . .«

»Außer?« drängte Meredith. »Führen Sie mir hier keine Mätzchen vor, Mansus! Sagen Sie, was Sie auf dem Herzen haben – nun?«

»Kann nicht Vassalaros Vermieter geplaudert haben? Er allein weiß, daß wir die Wohnung seines verstorbenen Mieters durchstöbert haben und . . .«

»Das werden wir schnell ausfindig gemacht haben!« unterbrach Meredith.

Ein Taxi brachte sie in kürzester Zeit nach der Great James Street. Es dauerte geraume Zeit, bis sie den im ersten Schlummer liegenden Hausbesitzer wachgeklingelt hatten. Als er sah, wer seine mitternächtlichen Besucher waren, hielt er die bissigen Bemerkungen, die er bereits auf der Zunge hatte, zurück.

»Sie haben mir ja nicht verboten, von der Sache zu sprechen«, verwahrte er sich, als er erfuhr, um was es ging. »Ich habe ja auch nur zu einem einzigen darüber gesprochen. Noch am gleichen Tag, als Sie die Durchsuchung vornahmen, kam ein vornehmer Herr vorbei. Er sagte, er habe erst heute erfahren, daß Vassalaro bei mir eine Wohnung gehabt hätte. Er komme nur, um sich nach Mietrückständen zu erkundigen.«

»Wie sah der Vornehme aus?« fragte Meredith.

Der Hausbesitzer gab eine kurze Beschreibung des Besuchers. Betroffen sah Meredith den Inspektor an.

»Kara!« rief er aus und fluchte in unterdrücktem Ton vor sich hin. »Los, vorwärts – zum Cadogan Square!« befahl er.

Auf das heftige Läuten an der Haustür des Griechen wurde den beiden sofort geöffnet. Mr. Kara sei verreist, teilte ihnen der Diener mit, und zwar habe er sich schon am Sonnabend entfernt. Der Mann musterte die späten Besucher mit sichtlichem Mißtrauen. Vielleicht erinnerte er sich, daß sein Vorgänger seinen Posten verloren hatte, weil er unerwünschten Besuchern zuviel Vertrauen geschenkt hatte. Nein, er wisse nicht, wann sein Herr zurückkomme – vielleicht bald, vielleicht aber auch erst nach längerer Zeit. Möglich auch, daß er schon heute nacht wieder eintreffe.

»Sie haben Ihren Beruf verfehlt, mein Freund –«, sagte T. X., »Sie hätten Wahrsager werden sollen!«

»So, da hätten wir also unsere Ohrfeige weg!« murrte T. X., als er mit Mansus wieder im Auto sah, um ins Büro zurückzufahren. »Sehen Sie mal im Fahrplan nach, wann heute früh der erste Zug nach Tavistock abfährt.«

»Warum wollen Sie nicht mit dem Nachtzug fahren?« fragte Mansus. »Es gibt einen sehr guten Zug nach Tavistock. Er braucht zwar länger als die Schnellzüge, kommt aber trotzdem gegen sieben Uhr in Tavistock an.«

»Schon zu spät«, stellte Meredith mit einem Blick auf die Uhr fest. »In anderthalb Minuten fährt er ab. In dieser Zeit nach Paddington zu kommen ist ein Ding der Unmöglichkeit.«

Trotz des herrlichen Reisewetters bot die Fahrt mit dem Frühzug wenig Anregendes. T. X. konnte das Gefühl nicht loswerden, daß eine unangenehme Überraschung seiner harre. Erst die Autofahrt über die im Morgenschein blitzende Heide munterte die beiden übernächtigten Beamten ein wenig auf.

Während sie am Ufer des Dart entlangfuhren, stieß Mansus seinen Chef an und zeigte nach dem östlichen Horizont.

»Was mag der hier zu suchen haben?«

Wie ein großer Vogel zog ein weißes Sportflugzeug am blauen Himmel dahin. »Eigentlich eine tolle Möglichkeit für einen Zuchthäusler, seine Flucht zu bewerkstelligen!« äußerte T. X. spontan.

Nach ihrer Ankunft wurde den beiden nach kurzer Zeit klar, was das Flugzeug hier in der Nachbarschaft zu suchen gehabt hatte.

Ein bis an die Zähne bewaffneter Zuchthausbeamter hielt sie an. Das Vorzeigen ihrer Ausweise genügte, um ihnen den Weg zur Anstalt freizugeben.

»Wo brennt es denn? Warum diese scharfe Bewachung?« erkundigte sich Meredith.

»Ein Gefangener ist entflohen«, berichtete der Posten.

»Entflohen? Im Flugzeug, nicht wahr?«

»Davon weiß ich nichts, Sir. Mir ist nur bekannt, daß einer unserer Außenarbeiter verschwunden ist.«

Der Direktor der Anstalt lief nervös in seinem Büro hin und her und wirkte anfänglich etwas unhöflich.

»Verzeihen Sie die Aufregung, meine Herren«, entschuldigte er sich dann. »Einer meiner Pfleglinge ist entflohen. Sie haben es wohl schon erfahren, Mr. Meredith?«

»Ja, es ist bedauerlich, und war um so mehr, als ich gekommen bin, Ihnen einen weiteren zu entführen.« T. X. entnahm seiner Brieftasche die Gnadenurkunde und legte sie dem Anstaltsdirektor vor. »Hier ist der Entlassungsbefehl für einen gewissen John Lexman, der hier eine Strafe von fünfzehn Jahren verbüßt.«

Der Direktor warf nur einen kurzen Blick auf das Dokument.

»Gestern abend ausgestellt und datiert?« Er seufzte erleichtert. »Lexman ist der Mann, der heute morgen ausgerissen ist!«

11

Zwei Jahre waren seit der Flucht Lexmans verstrichen, als Meredith eines Morgens auf der kurzen Reise von Bath nach London eine Notiz in der ›Morning Post‹ las, die sein Interesse erregte. In der Zeitungsnotiz hieß es, daß Mr. Remginton Kara, ein einflußreiches Mitglied der griechischen Gesellschaft in London, am gestrigen Abend von der Hellenischen Liga durch ein Festessen geehrt worden sei.

Karas Abwesenheit von London, damals, als Grace Lexman verschwand und John Lexman aus dem Zuchthaus entfloh – dieses zeitliche Zusammentreffen konnte nicht nur ein Spiel des Zufalls sein, darüber war sich Meredith von Anfang an im klaren gewesen. Er hatte Kara nach dessen Rückkehr auf Umwegen aushorchen lassen wollen, aber der schöne Grieche begegnete allen mehr oder minder verschleierten Fragen nach der verschwundenen Familie Lexman mit einem kühlen, abweisenden und verständnislosen Lächeln.

Irgendwo in der weiten Welt trieb sich Lexman herum, verfolgt – wie er glauben mußte – von der Justiz, ein entflohener Zuchthäusler. Unstet und flüchtig wie er, lebte vielleicht seine Gattin mit ihm. Trotz zahlreicher Aufrufe in vielen europäischen Zeitungen war von Lexman kein Lebenszeichen eingetroffen, und Meredith glaubte zu wissen, warum alle Bemühungen, den Freund zu finden, erfolglos blieben.

Im Justizministerium hatte man sich den Kopf darüber zerbrochen, ob Lexman sich nicht trotz der einen Tag früher erfolgten Begnadigung durch seine Flucht strafbar gemacht habe. Diese Frage verursachte T. X. das geringste Kopfzerbrechen. Man hatte die Umstände, unter denen die Flucht vor sich gegangen war, sorgfältig nachgeprüft. Der Aufseher war, da er im Verdacht der Bestechlichkeit stand, aus dem Dienst entlassen worden. Er hatte sich kurz darauf in Falmouth ein Bierlokal gekauft. Woher die Mittel stammten, um die immerhin bedeutende Kaufsumme bar hinterlegen zu können, daran zweifelte niemand, der die Vorgeschichte des Falles kannte.

Wenn Kara die Flucht bewerkstelligt hatte, dann war es jedenfalls unmöglich, ihm das zu beweisen. Der Wagen, der Lexman von seinem Arbeitsplatz weggeholt hatte, war, wie der Besitzer des grauen Autos aussagte, von einem fremdländisch aussehenden Mann gemietet worden. Von diesem Unbekannten fand sich später nicht mehr die geringste Spur. Karas Hangar wurde kontrolliert, aber von den beiden dort untergebrachten Flugzeugen fehlte keines. T. X. gab sich geschlagen. Lexman und seine Frau Grace blieben wie vom Erdboden verschwunden. Und auch den Griechen selbst hatte Meredith in diesen zwei Jahren nicht mehr gesehen und gesprochen.

Nun legte er die Zeitung mit der Notiz, die seine Gedanken in die Vergangenheit hatte abschweifen lassen, neben sich auf das Polster und blickte aus dem Abteilfenster in die vorbeifliegende Landschaft hinaus. Dann nahm er die Zeitung wieder auf und blätterte flüchtig hin und her, bis ihn ein Artikel fesselte, der mit ›Erzreichtum in Feuerland‹ überschrieben war. Flüssig und bildhaft schilderte der Verfasser seine Erlebnisse in den Sümpfen der St. Sebastian-Bucht und auf der Fahrt den Juarez Celman Fluß hinauf. Urwaldnächte, in völliger Einsamkeit verbracht, Hinweise auf geologische Forschungen, der Handelswert von Porphyr, Basalt und anderem Gestein – all diese Dinge brachte der mit ›G. G.‹ unterzeichnete Artikel zur Kenntnis des großen Leserkreises der ›Morning Post‹. Meredith interessierte sich lebhaft für Reiseliteratur und versuchte angestrengt, den Namen des Verfassers herauszubekommen. Doch so viele Schriftsteller ihm auch einfielen, auf keinen paßten die beiden Anfangsbuchstaben. Je länger er nachdachte, desto nervöser machte es ihn, daß er nicht draufkam. Sobald er in sein Büro in Whitehall kam, telefonierte er der Redaktion der ›Post‹ und bat um Auskunft.

»Wir nennen prinzipiell keinen Namen von Autoren, die anonym zu bleiben wünschen«, erklärte der Redakteur vom Dienst abweisend. »Außerdem ist für solche Einsendungen mein Kollege vom Feuilleton zuständig. Wenn Sie mich als Privatmann auf der Straße fragen würden, wen ich für den Verfasser halte, dann würde ich Ihnen vielleicht sagen, daß die Buchstaben ›G. G.‹ auf George Gathercole passen.«

»George Gathercole?« wiederholte T. X. verblüfft. »Was bin ich doch für ein Esel!«

»Dieser Bemerkung allerdings kann ich aus vollem Herzen zustimmen«, sagte die Stimme am Telefon trocken.

Bevor Meredith eine passende Antwort finden konnte, wurde aufgehängt. Das kleine Erlebnis war schnell vergessen, denn gerade an diesem Morgen hatte T. X. alle Hände voll zu tun mit einer Aufstellung über Lexmans Vermögensstand. Aus Freundschaft hatte er die Verwaltung der Gelder und Werte übernommen und sich anerboten, die erforderlichen buchhalterischen Arbeiten aus Sparsamkeitsgründen selbst zu erledigen. Der Umsatz von Lexmans Büchern hatte sich seit seiner sensationellen Verurteilung und Flucht vervielfacht. Die Tantiemen strömten nur so herein und sammelten sich, da weder Lexman noch seine Frau etwas davon verbrauchten, zu erheblichen Beträgen an. Dazu kam noch der plötzliche Tod einer reichen Tante, die Grace in ›Anbetracht ihrer unseligen Ehe an der Seite eines verurteilten Mörders‹ ihr gesamtes Vermögen hinterlassen hatte.

An diesem Tag kam der Vorsitzende des Vormundschaftsgerichts bei Meredith vorbei, um die Bücher zu prüfen.

»Ein Jahr will ich die Arbeit noch übernehmen«, sagte T. X., als der Beamte sich verabschiedete. »Wenn die beiden dann noch immer nichts von sich hören lassen, werde ich meinen Auftrag dem Gericht zurückgeben.«

»Hoffen Sie immer noch, von Lexman Nachricht zu erhalten?«

»Daß die beiden noch leben, daran habe ich nie gezweifelt. Haben Sie die Bücher meines Freundes nicht gelesen? Alle seine Helden tauchen am Schluß wieder auf. So wird auch er es halten, sobald er den Zeitpunkt für gekommen hält. Wir werden ihn wiedersehen.«

Nichts konnte Meredith von diesem Glauben abbringen. Und Kara würde sich eines Tages bei all seiner Schlauheit doch das Genick brechen. Seit einiger Zeit schon waren merkwürdige Gerüchte über den Griechen im Umlauf. Woher sie stammten, und ob sie auf Tatsachen beruhten, war nicht ausfindig zu machen. Man erzählte sich, daß seine Ziele höher hinausliefen, als nur eine glänzende Rolle in der Gesellschaft zu spielen. Obwohl der Vater Karas Grieche gewesen war, gab der Sohn doch vor, in direkter Linie von einem Herrschergeschlecht Albaniens abzustammen und daher ein Recht auf den Thron dieses Landes zu haben.

Daß Karas Hauptleidenschaft eine unersättliche Gier nach

Macht war, daran zweifelte Meredith nicht. Sein ungeheures Vermögen, seine ganze durch keinerlei Gewissensbisse eingeengte Energie dienten dem einen großen Ziel – Macht!

In einem Fach seines Schreibtisches verwahrte T. X. ein kleines, in Maroquin gebundenes Büchlein, das er ›Lästerchronik‹ nannte. Die unbedruckten Seiten waren in seiner krausen Handschrift eng beschrieben. Alles, was er da und dort über prominente Persönlichkeiten las, was ihm vertraulich zugeflüstert wurde, was an Anekdoten und Geschichtchen zirkulierte oder ihm von Untergebenen zugetragen wurde – all diese Berichte und Vertraulichkeiten fanden ihren Niederschlag auf den Blättern der ›Chronik‹. Mit der Zeit war das kleine Buch zu einem Nachschlagewerk geworden, dessen Inhalt manchem Betroffenen schlaflose Stunden bereitet hätte.

In dieser ›Chronique scandaleuse‹ stand auch verschiedenes über Remington Kara, Dinge, die selbst Inspektor Mansus nicht wußte, zum Beispiel: Kara finanzierte die Familie und Verwandtschaft eines einflußreichen Unterstaatssekretärs, und er unterhielt einen Spielklub in der Albemarle Street, zu dessen häufigsten Besucherinnen die Gattin des Justizministers gehörte. Sie sollte dort angeblich in einer einzigen Spielnacht sechstausend Pfund Sterling verloren haben. Solche und ähnliche Informationen waren in dem Maroquinbüchelchen vermerkt. Wie T. X. zu ihnen gelangt war, oder wer sie ihm vermittelt hatte, darüber sprach er sich nicht aus.

Jener Justizminister übrigens war eine recht einflußreiche Persönlichkeit. Er war nicht reich – kaum dreitausend Pfund jährlich durfte er verbrauchen –, hatte keine nach irgendeiner Richtung hin tendierenden politischen Ansichten und war im Bestreben, allen dienlich zu sein, recht erfolgreich. Vier verschiedenen Kabinetten hatte er als Minister angehört, obwohl die Regierungsprogramme sich jedesmal diametral entgegenstanden. Er war eine Flagge, die nach allen Winden wehte.

Lady Bartholomew, die Gattin dieses vielseitigen Mannes, war kürzlich, wie man dem großen Publikum mitzuteilen die Herablassung hatte, nach San Remo gereist, um sich dort von einem Nervenzusammenbruch zu erholen.

In Merediths Maroquinbüchlein tauchte der Name der Ministersgattin nicht nur einmal, sondern gleich ein paarmal auf. Auch die Personalien waren verzeichnet – Geburtsdatum: März 18 . . ., Abstammung: Siebente Tochter des Earl von Balmorley, Kinder: Eine Tochter, die den merkwürdigen Namen Belinda Maria trägt.

T. X. blätterte in seiner ›Chronique scandaleuse‹ und wunderte sich, warum Lady Bartholomew mitten in der gesellschaftlichen Hochsaison nach Italien abgereist war. Entsprach der Reisegrund wirklich den Tatsachen? Er klingelte und ließ Mansus kommen.

»Sie haben Lady Bartholomew tatsächlich von Charing Cross abreisen sehen, wie?«

Der Inspektor bejahte.

»Reiste sie allein?«

»Nur mit ihrer Zofe. Sie sah auffallend leidend aus.«

»Ja, von ihrem schlechten Aussehen war schon vor Monaten die Rede«, bemerkte T. X., ohne sonderliches Mitgefühl mit der Geprüften zu verraten. »Belinda Maria war wohl nicht mit am Bahnhof?«

Mansus schien erst nicht zu begreifen.

»Wer? Belinda Maria? Ach so, sie meinen die Tochter? Nein, sie war nicht dabei. Sie studiert ja, wie ich gehört habe, in Frankreich.«

T. X. pfiff leise vor sich hin und schloß das rote Buch.

»Ich möchte wirklich wissen, wo die Leute diese ausgefallenen Vornamen hernehmen. Diese Belinda Maria muß doch ein merkwürdiges Geschöpf sein – nach ihrem Vornamen zu schließen. – Was suchen Sie denn nun schon wieder?« fuhr er den Inspektor ungeduldig an, als er bemerkte, daß dieser unaufhörlich in seinen Taschen herumkramte.

»Ich hatte mir alle Fragen notiert, die ich Ihnen im Zusammenhang mit Lady Bartholomew stellen wollte. Ich habe sie nun seit mehr als einem halben Jahr unter Beobachtung, und darum möchte ich gerne wissen, ob ich etwas veranlassen soll, damit wir sie in Italien nicht ganz aus den Augen verlieren.«

Meredith dachte einen Augenblick nach.

»Mich interessiert die Dame nur solange, als sich Kara mit ihr beschäftigt.«

Mansus brummte, noch immer die Taschen nach seinen Notizen durchwühlend, etwas Unverständliches vor sich hin.

»Nein, Sir«, sagte er dann vernehmlich, »von den kriminellen Eigenschaften Karas halte ich nicht allzuviel. Warum sollte er auch Verbrechen begehen? Was er braucht, und noch viel mehr, hat er ja. Er ist einer der populärsten Ausländer in London – und ein hübscher Mann dazu.«

Verachtungsvoll musterte Meredith den Inspektor.

»Sie sind blind wie eine neugeborene Katze. Sind Sie denn in Ihrem langen Beamtendasein noch nicht daraufgekommen, daß große Verbrechen nie aus materiellen Gründen begangen werden? Selbst der kleine Angestellte, der die Portokasse leert, um seiner ›Braut‹ ein Similihalsband zu schenken, tut es nicht aus Habsucht, sondern weil er sich bei dem Mädchen beliebt machen will – also aus Eitelkeit. Der größte Teil aller Verbrechen ist auf diesen Trieb zurückzuführen. Oder nehmen Sie den Fall des Doktors X – er ermordete seine Frau, weil sie dauernd betrunken und unordentlich war. Er fürchtete sich vor der Kritik der Nachbarschaft. Um nicht verschrien zu werden, bringt er die Frau um. Der Unternehmer, der seine Bilanzen fälscht und mit veruntreutem Geld Hochhäuser baut, tut das nicht aus Gewinnsucht, sondern weil er vor seiner Umgebung als Finanzgenie erscheinen will. Eitelkeit – das ist auch der Grund, warum Kara ein Verbrecher ist und bleiben wird. Ich sage ihm ein gewaltsames Ende voraus.« T. X. stand auf und zog seinen Mantel an. »Ich werde ihm jetzt einen Besuch abstatten. Ein inneres Gefühl treibt mich dazu. Vielleicht gibt er sich doch noch eine Blöße.«

12

Ein einziges Mal seit Lexmans Flucht hatte er Kara telefonisch zu sprechen versucht, jedoch ohne Erfolg, und Meredith hatte den Versuch nicht wiederholt.

Karas Haus am Cadogan Square war ein Eckhaus. Erbaut worden war es von einem Lord Henry Gratham, einem weitherum bekannten Feinschmecker und vorzüglichen Weinkenner. Das Haus war ›um ein Weinfaß herum‹ gebaut worden, das heißt, man hatte vor allem für ausreichende Kellerräumlichkeiten gesorgt. Der Grieche hatte die Liegenschaften von den Erben des Lords gekauft, die sich im stillen wunderten, was der als Abstinenzler bekannte neue Eigentümer mit den großen Weinkellern wohl anfangen würde.

Auf Merediths Klopfen wurde die Tür von einem vornehm livrierten Lakaien geöffnet, der den Besucher eintreten ließ. In der Diele brannte ein lustiges Feuerchen, und als sich T. X. niederließ, fiel sein Blick auf ein großes Porträt des Hausherrn.

»Ich glaube, Mr. Kara ist sehr beschäftigt, Sir«, gab der Diener zu bedenken.

»Bringen Sie ihm immerhin meine Karte. Ich glaube, er wird mich empfangen.«

Der Diener verbeugte sich, nahm die Karte entgegen und eilte die Treppe hinauf. Nach ein paar Augenblicken kam er schon zurück..

»Wollen Sie mir bitte folgen, Sir«, bat er und ging voraus.

Als sie den Korridor im oberen Stockwerk erreichten, hielt T. X. den Diener zurück.

»Kennen wir uns nicht von früher?« fragte er.

Der Diener lächelte.

»Leicht möglich, Sir. Ich war lange Zeit als Kellner im Constitutional Club beschäftigt.«

T. X. nickte.

»Sicher habe ich Sie dort gesehen.«

Dann stand Meredith in einem großen, elegant möblierten, jedoch wenig behaglich wirkenden Raum. Kara erhob sich von seinem Platz vor dem Schreibtisch und kam dem Besucher mit einem Lächeln entgegen.

»Welch unerwartetes Vergnügen!« rief er aus und drückte T. X. kräftig die Hand. Er hatte sich in der langen Zeit, seit sich die beiden nicht gesehen hatten, wenig verändert. »Sie können gehen, Miss Holland!« wandte er sich jetzt zu der jungen Dame um, die, einen Stenogrammblock in der Hand, vor dem Schreibtisch stand.

In der Wahl seiner Sekretärin hat dieser griechische Don Juan jedenfalls keinen schlechten Geschmack bewiesen! dachte Meredith, während er die Gestalt des Mädchens, vom bronzeschillernden Haar bis zu den zierlichen Füßen, musterte. Eine seltene Schönheit, kein Zweifel, von einer Ausstrahlung, die T. X. seltsam berührte.

»Miss Holland und ich haben uns soeben über einen merkwürdigen Mädchenvornamen amüsiert«, erzählte Kara vergnügt. »Ich erhielt nämlich einen Bettelbrief – von einer gewissen ›Maggie‹ Goomer . . .«

Das Mädchen lächelte verstohlen, und T. X. fand sie immer hübscher.

»Ich kenne einen noch ausgefalleneren«, sagte er. »Der verrückteste Mädchenvorname, den ich je gehört habe, ist ›Belinda Maria‹.«

»Dieser Name kommt mir merkwürdig bekannt vor«, meinte Kara.

Meredith betrachtete Miss Holland, und sie gab seinen prüfenden Blick mit einer derartigen Kälte zurück, daß er sich am liebsten in ein Mauseloch verkrochen hätte. Mit einer verächtlichen Kopfbewegung eilte sie aus dem Zimmer.

»Entschuldigen Sie, daß ich Sie nicht vorstellte«, bemerkte Kara. »Die Dame ist meine Sekretärin – Miss Holland. Hübsch, nicht wahr?«

»Zweifellos.«

Der Hausherr bot dem Gast Zigaretten an. Er trug einen grauen Straßenanzug nach der letzten Mode.

»Was sind Sie doch für ein mißtrauischer Mensch«, sagte der Grieche lachend.

»Ich? Wieso?«

»Weil Sie es nicht lassen können, sich für meine Angestellten zu interessieren. Ich bin fest überzeugt, daß Sie keine ruhige Stunde haben, bis Sie nicht die ganzen Lebensgeschichten meiner Sekretärinnen und Diener kennen.«

»Um Gottes willen!« wehrte T. X. ab. »Ich will gerne zugeben, daß ich von Natur aus neugierig veranlagt bin, aber doch nicht so, daß ich mich in Ihren Haushalt einmischen würde. Einmal mußte ich mich ja leider für einen Ihrer Chauffeure interessieren, aber . . .«

Karas Gesicht verfinsterte sich für einen Augenblick.

»Ach, Sie meinen Brown?«

»War es nicht Smith?« fragte Meredith ironisch zurück. »Aber Schwamm drüber – sein richtiger Name ist ja doch Poropulos, nicht wahr?«

»Ach, den meinen Sie? Nun, Sie wissen ja, daß ich ihn schon längst an die Luft gesetzt habe.«

»Doch wohl mit Pension, wie? Ich habe wenigstens so etwas munkeln hören.«

Kara betrachtete den Besucher nachdenklich.

»Ich bin gewohnt, meine Diener menschlich zu behandeln.« Dann fragte er brüsk: »Was verschafft mir die Ehre Ihres Besuchs?«

Bevor Meredith antwortete, zündete er sich eine der angebotenen Zigaretten an.

»Ich komme, um eine Gefälligkeit von Ihnen zu erbitten.«

»Ich wüßte nicht, was mir größeres Vergnügen bereiten würde«, erwiderte der Hausherr manierlich. »Leider habe ich feststellen müssen, daß Sie unsere sich so nett anlassende Freundschaft nicht weiter pflegten. Für mich wäre sie bestimmt wertvoller als für Sie . . .«

»Ach, ich bin eben ein wenig schüchtern«, unterbrach Meredith die Komplimente. »Für das gesellschaftliche Leben eigne ich mich schlecht. Aber gerade darum suche ich Sie ja heute auf – weil Sie doch mit aller Welt bekannt sind. Doch ganz nebenbei: Seit wann haben Sie Ihre Sekretärin?«

Kara starrte, als denke er nach, zur Decke empor.

»Vier . . . Nein, drei Monate sind es her, glaube ich. Sie wurde mir von irgendeiner Handelsschule empfohlen. Sie ist ein wenig zurückhaltend, aber sehr gebildet. Sie spricht und schreibt perfekt griechisch.«

»Also eine Perle!«

»So ist es. Sie wohnt in der Marylebone Road 86, hat keinen Freund, bleibt abends meist zu Hause und ist den Männern gegenüber eher kalt.«

Meredith warf dem Griechen einen prüfenden Blick zu.

»Warum diese ausführliche Auskunft?«

»Damit Sie sich nicht erst bemühen müssen, alles selbst ausfindig zu machen. Ich weiß doch, daß die unstillbare Wißbegierde, die Ihr Beruf mit sich bringt, Sie sowieso auf die Fährte meiner Sekretärin gesetzt haben würde.«

»Darf ich Platz nehmen?« fragte T. X. und lachte.

Kara schob ihm einen gepolsterten Lehnstuhl zu, und Meredith sank hinein.

»Sie sind ein heller Kopf, Mr. Kara!« stellte er fest.

Der Grieche maß ihn mit den Augen, diesmal ohne jeden Humor.

»Aber nicht hell genug, um zu ahnen, warum Sie mich heute aufsuchen.«

»Ich werde es Ihnen gleich sagen. Sie kennen doch halb London, nicht wahr? Sicher auch Lady Bartholomew?«

»Die kenne ich allerdings sehr gut«, gab Kara, fast ein wenig zu hastig, zu.

»Wissen Sie vielleicht, warum die Dame gerade jetzt, während der Hochsaison, alles im Stich gelassen hat und nach San Remo gefahren ist?«

»Die Frage berührt mich seltsam«, erwiderte Kara. »Warum hätte ausgerechnet ich den Grund dieser Reise erfahren sollen?«

Meredith starrte auf das glimmende Ende seiner Zigarette.

»Immerhin – Sie sind mit Ihrer Exzellenz vertraut genug, um von ihr einen Schuldschein in Händen zu haben.«

»Einen Schuldschein?«

Es konnte kein Zweifel bestehen, daß Merediths Bemerkung Kara angenehm überrascht und sichtlich erleichtert hatte. T. X. hätte sich ohrfeigen können, so sehr ärgerte er sich über die Blöße, die er sich mit seiner aus den Fingern gesogenen Weisheit gegeben hatte.

»Wenn ich den Ausdruck ›Schuldschein‹ gebraucht habe«, versuchte er nun seinen strategischen Rückzug anzutreten, »dann meinte ich das natürlich nicht wörtlich. Vielmehr geht es um das, was man eine Sicherheit nennt, und die ein Gläubiger eben von seinem Schuldner verlangt und auch bekommt.«

Kara antwortete nicht, sondern öffnete stumm ein Fach seines Schreibtischs, dem er einen kleinen, seltsam geformten Schlüssel entnahm.

»Bitte, hier haben Sie den Schlüssel zu meinem Tresor«, sagte er höflich. »Ich stelle Ihnen anheim, meinen Geldschrank zu öffnen und ihn eingehend zu durchsuchen. Halten Sie mich für einen Amateur-Shylock? Suchen Sie, soviel Sie wollen – einen Schuldschein werden Sie kaum finden.«

»Nicht im Traum ist mir der Gedanke gekommen, Sie für einen Geldverleiher zu halten«, antwortete T. X. nicht ganz der Wahrheit entsprechend.

Kara hielt ihm noch immer mit einladender Geste den Schlüssel hin.

»Bitte – Sie würden mir einen Gefallen erweisen ... Ich habe das Gefühl, Sie bringen die plötzliche Erkrankung und Abreise Lady Bartholomews mit meiner Person in Verbindung. Überzeugen Sie sich doch selbst, daß ich nicht der Blutsauger bin, für den Sie mich zu halten scheinen.«

Jeder andere hätte ein solches Angebot zum willkommenen Anlaß genommen, sich mit Anstand aus einer verfahrenen Situation zu winden. Auch Meredith hatte die höfliche Ablehnung schon auf der Zunge, überlegte es sich aber plötzlich noch einmal. Er nahm den Schlüssel mit einer Verbeugung entgegen und betrachtete ihn prüfend.

»So – das also ist Ihr ›Sesam, öffne dich!‹ Der Zauberschlüssel zu Ihrem berühmten Tresor ...«

»Nein – es ist nicht der Schlüssel zu dem Schrank, den Sie einmal in meiner Abwesenheit öffneten! Sie werden ja, da Sie über alles, was mich betrifft, angeblich so gut unterrichtet sind, wohl auch wissen, daß ich mir nach Ihrer Expedition in mein Schlafzimmer einen anderen Tresor anschaffte. Vielleicht fühlen Sie sich jetzt nicht mehr ganz so sicher, Mr. Meredith?«

»Ganz im Gegenteil.« T. X. erhob sich. »Ich werde von Ihrer gütigen Erlaubnis gerne Gebrauch machen.«

»Sie gestatten, daß ich Ihnen den Weg zeige ...«

Kara öffnete die Tür und ging den Korridor entlang voraus. Sie betraten das große, nur spärlich erleuchtete Schlafzimmer. Das einzige Fenster war mit einem starken Stahlrohrgitter gesichert. In dem großen Kamin brannte trotz der draußen herrschenden Wärme ein starkes Feuer, das eine stickige Hitze verbreitete.

»Das ist eine Exzentrizität von mir«, entschuldigte sich Kara mit einem Blick auf das Feuer. Dann zeigte er auf die grüne Tür des Tresors, der neben dem breiten Bett in die Wand eingebaut war. »Bitte!« sagte er ironisch. »Hier haben Sie sämtliche Geheimnisse, die Sie bei Remington Kara vermuten – verfügen Sie darüber!«

»Ich befürchte«, erwiderte T. X., »daß meine Bemühung vergeblich sein wird.«

»Diese Befürchtung kann ich nur teilen.«

»Sie haben mich offenbar mißverstanden, Mr. Kara! Ich meinte, der Schlüssel, den Sie mir so großzügig zur Verfügung stellten, würde mir nicht viel nützen.«

»Versuchen Sie es doch wenigstens!«

»Ihr Tresor ist, wie ich sehe, ein Fabrikat der Firma Magnus, der Schlüssel jedoch, den Sie mir gaben, gehört zu einem Chubbschrank. In meinem langjährigen Polizeidienst habe ich wenigstens so viel gelernt, um zu wissen, daß ein Chubbschlüssel einen Magnusschrank wohl kaum öffnen würde.«

Kara tat einen erstaunten Ausruf.

»Gott, wie zerstreut ich bin! Ja, natürlich – den Schlüssel zu meinem neuen Tresor habe ich, bevor ich die letzte Auslandsreise antrat, bei meiner hiesigen Bank hinterlegt. Ich bin, wie Sie ja wissen werden, erst heute morgen zurückgekommen und hatte noch keine Gelegenheit, ihn mir wieder zu holen. Entschuldigen Sie mich einen Augenblick, ich möchte sofort meinen Diener danach schikken.«

»Bemühen Sie sich doch bitte nicht erst«, bat Meredith höflich.

Er nahm aus seiner Tasche ein flaches Lederetui, das eine Anzahl merkwürdig geformter Stahlinstrumente enthielt. Innen am Deckel des Etuis steckte in einer Lederschlaufe ein Holzgriff. Diesen nahm der Chefinspektor heraus und schraubte ihn an eines der kleinen Stahlstücke. Überrascht schaute ihm Kara zu.

»Was wollen Sie damit anfangen?« erkundigte er sich, ein wenig unruhig geworden.

»Gleich werden Sie es sehen.«

Vorsichtig schob Meredith das kleine Stahlinstrument ins Schlüsselloch der Schranktür, drehte einmal nach links, einmal nach rechts und setzte diese Tätigkeit so lange fort, bis ein leises ›Klick‹ ihm den Erfolg seiner Arbeit anzeigte. Nun drehte er den Handgriff des Tresors und zog die Tür auf.

»Eigentlich eine recht einfache Sache, nicht wahr?« wandte er sich schmunzelnd an den Hausherrn.

In diesem Augenblick veränderte sich Karas Gesichtsausdruck.

Wütend blickte er auf den Besucher. Ein Schritt brachte ihn vor die geöffnete Schranktür.

»Sie sind nun, glaube ich, weit genug gegangen, Mr. Meredith!« zischte er. »Wenn Sie meinen Schrank durchsuchen wollen, dann müssen Sie mir schon eine gerichtliche Vollmacht dazu vorweisen.«

T. X. zuckte die Achseln. Sorgfältig löste er das Stahlstück wieder aus dem Holzgriff und legte beides ins Etui zurück.

»Sie haben mich ja selbst ausdrücklich dazu aufgefordert«, stellte er gelassen fest. »Ich wußte ja, daß alles nur Bluff war. Sie würden mir genausowenig gestatten, Ihren Schrank zu durchsuchen, wie Sie mir sagen würden, was aus John Lexman und seiner Gattin geworden ist.«

Dieser Hieb saß. Kara sprang mit verzerrtem Gesicht auf T. X. los. Bleich vor Wut, die Augen zusammengekniffen, glich er nicht im geringsten mehr dem Gentleman, der er sonst war.

»Sie – Sie . . .« keuchte er und holte in ohnmächtiger Wut zu einem Schlag nach dem Gesicht seines Gegners aus.

»Hände hoch!« befahl T. X. scharf. »Schnell, sonst . . .«

Blitzartig schossen Karas Hände empor, denn die Pistole, die Meredith gezogen hatte, preßte sich sehr spürbar gegen seine Rippen.

»Sie scheinen ja die Hände schon öfter nach oben gestreckt zu haben!« konstatierte T. X. trocken.

Mit der Rechten immer noch die Pistole an Karas Rippen pressend, suchte er mit der linken Hand dessen Taschen nach Waffen ab. In der Hüfttasche fand er einen harten Gegenstand. Zu seiner Überraschung war es jedoch kein Revolver, sondern ein ihm unbekannter, wie eine Taschenlampe aussehender Apparat. Statt der üblichen Glaslinse hatte der Zylinder am einen Ende einen siebartigen Deckel, ähnlich einem Salzstreuer. T. X. wollte gerade den kleinen Hebel herabdrücken, der am Zylinder angebracht war, als ihn ein Schreckensschrei des Griechen innehalten ließ.

»Um Gottes willen!« preßte Kara hervor. »Nicht auf mich zielen! Bitte, drücken Sie den Hebel nicht herunter!«

»Das soll wohl eine neuartige Schußwaffe sein?«

»Nein! Nein!«

Die Siebmündung gegen den Fußboden richtend, drückte T. X. den Hebel nieder. Es zischte laut, und der Teppich bedeckte sich mit einer farblosen Flüssigkeit. Ein einziger Strahl war aus der Düse gespritzt, aber der kostbare Teppich fing dort, wo ihn die Flüssigkeit getroffen hatte, zu rauchen an und nahm eine bräunlichgelbe Farbe an. Im Zimmer verbreitete sich ein durchdringender, außerordentlich unangenehmer Geruch.

»Kupfervitriol, nicht wahr?« fragte Meredith, den andern scharf fixierend.

Kara war dem Zusammenbruch nahe und fand nur langsam seine Selbstbeherrschung wieder.

»Ich hatte nicht die Absicht, die Waffe gegen Sie zu richten –«, versuchte er sich zu rechtfertigen. »Wie Sie wissen, bin ich von Todfeinden umgeben und muß zu meiner Verteidigung eine wirksame Waffe bei mir haben. Nur weil meine Feinde wissen, daß ich diesen Säurezylinder ständig bei mir trage, wagen sie sich nicht an mich heran. Wirklich, Mr. Meredith, ich schwöre Ihnen, daß ich die Waffe nicht gegen Sie gebrauchen wollte. Wie können Sie nur auf eine derartige Vermutung kommen? Schon der Gedanke daran ist absurd! Bitte, entschuldigen Sie, daß ich mir den kleinen Scherz mit dem Tresor erlaubte ...«

»Deswegen brauchen Sie sich nicht zu entschuldigen«, beruhigte ihn Meredith. »Ich glaube nicht, daß in dieser Sache ich der Narr gewesen bin. Nein –«, wehrte er ab, als Kara die Hand nach der Waffe ausstreckte, um sie wiederzuerhalten, »es tut mir leid, aber ich kann Ihnen Ihr niedliches Spielzeug nicht zurückgeben. Ich werde es dem Kriminalmuseum einverleiben lassen. Komprimierte Luft, nicht wahr?«

Kara nickte.

»Die Idee ist gut«, lobte T. X.

Mit diesen Worten verließ er das Zimmer.

13

›Sehr verehrter Mr. Meredith,

ich finde kaum Worte, um das Gefühl des Bedauerns auszudrükken, das ich angesichts der Auseinandersetzung mit Ihnen empfinde. Sie wissen, wie sehr ich Sie schätze.

Lassen Sie mir die Hoffnung, daß wir beide jene unglückliche Szene sobald als möglich aus unserem Gedächtnis auslöschen, und geben Sie mir die Versicherung, daß Sie mir bald gestatten werden, Ihnen meine mündlichen Entschuldigungen auszusprechen.

Darf ich Sie bitten, nächste Woche mit mir zu speisen? Sie werden bei dieser Gelegenheit einen recht interessanten Menschen kennenlernen – den Forscher George Gathercole, der eben von Feuerland zurückgekehrt ist. Ich habe heute morgen von ihm die Mitteilung erhalten, daß er ganz bedeutende Entdeckungen gemacht hat.

Ich weiß, daß Sie großherzig genug sein werden, meinen unverzeihlichen Temperamentsausbruch zu vergessen. Nehmen Sie den unerfreulichen Zusammenstoß nicht zum Anlaß, unsere bisher so erfreuliche Beziehung abzubrechen. Gestatten Sie meinem Freund Gathercole, der von allem, was zwischen uns vorgefallen ist, keine Ahnung hat, die Rolle eines unbewußten Friedensstifters zu übernehmen.

Mit dem Ausdruck höchster Verehrung!

Remington Kara‹

Langsam faltete der Grieche den soeben geschriebenen Brief und schob ihn in einen Umschlag. Dann klingelte er, und das Mädchen, das Meredith einen so nachhaltigen Eindruck gemacht hatte, erschien.

»Bitte, Miss Holland, sorgen Sie dafür, daß dieser Brief an den Adressaten gelangt.«

Das Mädchen nickte und wartete auf weitere Anweisungen. Kara erhob sich und begann im Zimmer auf und ab zu gehen.

»Kennen Sie Mr. T. X. Meredith?« fragte er unvermittelt.

»Ich habe von ihm gehört.«

»Ein merkwürdiger Mensch –«, bemerkte Kara sinnend. »Sie werden Mr. Meredith nun wohl öfter sehen. Und sicherlich wird er versuchen, Sie über mein Tun und Treiben auszuholen. Ich brauche wohl kaum zu betonen ...«

»Ich würde Dritten gegenüber nie über so etwas sprechen«, erwiderte sie kühl.

»Bisher zahlte ich Ihnen, glaube ich, acht Pfund in der Woche. Ich werde Ihr Gehalt auf zehn erhöhen, denn ich bin mit Ihrer Arbeit außerordentlich zufrieden.«

»Ich danke Ihnen für Ihre Freundlichkeit, Mr. Kara. Mein jetziges Gehalt genügt jedoch für meine Bedürfnisse vollkommen. Ich bitte Sie daher, vorläufig von einer Erhöhung abzusehen.«

Sie verließ das Zimmer, ihren Chef verwundert und ein wenig wütend zurücklassend. Er betrachtete jeden, der ein Angebot von ihm zurückzuweisen wagte, als Feind.

Er klingelte nach dem Kammerdiener.

»Fisher, ich erwarte Besuch«, instruierte er ihn, »und zwar einen Mr. Gathercole. Sollte ich abwesend sein, wenn er kommt – der Herr ist einarmig –, so empfangen Sie ihn ganz besonders höflich. Unter allen Umständen aber müssen Sie versuchen, ihn zurückzuhalten, bis ich nach Hause komme. Ich werde jetzt ausgehen und wahrscheinlich gegen halb sieben Uhr wieder da sein. Wenn er nicht warten will, sagen Sie ihm, ich bäte ihn auf alle Fälle, mich in der Bibliothek zu erwarten. Dort wird er sich vermutlich am wohlsten fühlen.«

»Jawohl, Sir. Werden Sie sich umkleiden?«

»Ich gehe, wie ich bin. Bringen Sie mir meinen Pelzmantel. Die Kälte in diesem Land wird mich noch umbringen. Passen Sie auf, daß das Feuer nicht ausgeht, legen Sie meine Post ins Schlafzimmer, und dann sorgen Sie auch dafür, daß Miss Holland ihr Essen bekommt.«

Der Diener folgte seinem Herrn bis zum Auto und kehrte, als der Wagen abgefahren war, ins Haus zurück.

Von diesem Augenblick an benahm er sich für einen wohlerzogenen Kammerdiener außerordentlich merkwürdig. Gegen das Aufräumen des Schreibtischs seines Herrn wäre gewiß nichts einzuwenden gewesen, aber – er durchwühlte auch die Fächer, kramte hastig in den Papieren herum, kurz, er tat alles, was man von ihm eigentlich nicht erwartet hätte. Endlich stieß er auf das Scheckbuch und ersah aus dem Stammblock, daß am Tag zuvor sechstausend Pfund in bar abgehoben worden waren. Diese Tatsache schien den Kammerdiener außerordentlich zu interessieren, denn seine Miene wurde sehr nachdenklich. Dann legte er das Heft wieder ins Fach zurück und begab sich in die Bibliothek, wo er Miss Holland damit beschäftigt fand, Abschriften von Briefen anzufertigen und Bettelbriefe zu beantworten.

Fisher legte noch ein paar Holzklötze auf das lustig flackernde Kaminfeuer und erkundigte sich unterwürfig nach etwaigen Wünschen. Als Miss Holland dankend verneinte, ging er von neuem auf Entdeckungen aus. Diesmal fing er im Schlafzimmer seines Herrn an. Dort stand ein kleiner Tisch, an dem Kara seine Privatbriefe zu schreiben pflegte. Jedoch enthielt auch dieses Möbel nichts, was die Ausdauer Fishers belohnt hätte. Direkt neben dem Bett befand sich ein Telefonapparat, bei dessen Anblick der Diener spöttisch lächelte. Es war die Leitung, die Karas Schlafzimmer direkt mit Scotland Yard verband.

»Komischer Kauz!« murmelte er.

Er verließ das Zimmer und ging mit gerunzelter Stirn langsam die Treppe zur Diele hinunter. Von unten rief ihm die Köchin zu:

»Ein Herr ist da, Mr. Fisher! Er möchte Mr. Kara sprechen. Hier ist seine Karte!«

Fisher nahm sie entgegen und warf einen Blick darauf:

›George Gathercole, M. F. V. (Mitglied der Forschervereinigung)‹

»Ich werde den Herrn selbst empfangen«, erklärte der Diener mit majestätischer Würde.

Der Besucher wartete in der Diele. Er war ein Mann, der schon durch seine exzentrische Aufmachung die Aufmerksamkeit auf sich lenkte. Er trug einen alten, mit großen, hellen Vierecken gemusterten Mantel und darunter einen gleichermaßen auffälligen Anzug. Den neuen, blanken Zylinder hatte er weit in den Nacken zurückgeschoben. Ein ungepflegter, graumelierter Backenbart umrahmte das sonnenverbrannte Gesicht. Gathercole schien ein äußerst nervöser Herr zu sein, denn er hielt Selbstgespräche, die er mit gelegentlichen Handbewegungen unterstrich. Ab und zu warf er einen verächtlichen Blick auf das an der Dielenwand hängende Porträt des

Hausherrn. Den stahlumrandeten Klemmer trug er weit vorn auf der langen Nase. Zwei unter den linken Arm geklemmte Wälzer ergänzten das komische Gesamtbild des Forschers.

Der menschenerfahrene Kammerdiener bemerkte ferner ein Paar glänzend schwarz polierte Schaftstiefel und am Oberhemd einige riesige Knöpfe aus imitierten Perlen.

Mr. Gathercole warf dem Diener wütende Blicke zu.

»Hier! Nehmen Sie!« befahl er, auf die unter seinen Arm geklemmten Bücher deutend.

Fisher beeilte sich, den Befehl auszuführen. Dabei bemerkte er, daß eine Prothese den fehlenden Arm ersetzte.

»Wo ist der saubere Mr. Kara?« brummte der Forscher.

»Er wird in Kürze zurück sein«, erwiderte Fisher höflich.

»Er ist also nicht zu Hause? Ich warte nicht! Wie, zum Teufel noch mal, kommt der Mensch dazu, jetzt wegzulaufen? Er wußte doch, daß ich kommen wollte!«

»Mr. Kara erwartet Sie, aber er wurde weggerufen und befahl mir, Ihnen auszurichten, daß er um sechs Uhr wieder zu Hause sein wird.«

»Der Teufel soll ihn holen! Sechs Uhr? Bin ich denn sein Lakai, daß ich stundenlang warten soll, bis es ihm beliebt, nach Hause zu kommen? Sechs Uhr! Sagen Sie Ihrem Mr. Kara, daß ich hier war – geben Sie mir meine Bücher wieder!«

»Aber, bitte, Sir, ich – ich ...« stotterte der aus allen Himmeln fallende Diener.

»Los! Meine Bücher!«

Geschickt klemmte Gathercole mit der gesunden Hand die Bücher unter die Prothese.

»Bitte, Mr. Gathercole, warten Sie doch!« flehte der bestürzte Fisher.

»Hol Sie der Teufel! Auf wen soll ich warten? Sagen Sie Ihrem Herrn, daß ich wiederkomme, wann es mir paßt!«

Der cholerische Besucher stürmte aus der Haustür, die er hinter sich zuschmetterte. Der arme Fisher eilte in die Bibliothek, wo Miss Holland eben einige Bücher einpackte.

»Ich befürchte, Miss«, vertraute ihr der Kammerdiener an, »daß ich in des Teufels Küche geraten bin.«

»Was ist Ihnen denn passiert, Fisher?«

»Mr. Kara hat einen Mr. Gathercole erwartet und mir befohlen, den Herrn auf alle Fälle zurückzuhalten.«

»Nun, und?«

»Der Besucher ist gerade mit allen Zeichen des Unwillens davongelaufen!«

Sie biß sich auf die Lippen.

»Mr. Kara wird sich zwar ärgern, aber Sie trifft doch keine Schuld. Mit Gewalt konnten Sie Mr. Gathercole ja nicht gut zurückhalten. Warum haben Sie mich nicht gerufen?«

»Weil mir Mr. Gathercole dazu gar keine Gelegenheit gab.« Wider Willen mußte Fisher in der Erinnerung an die Szene in der Diele lächeln. »Das nächste Mal werde ich ihn bestimmt an Sie verweisen, Miss Holland! Haben Sie noch irgenwelche Befehle für mich?«

»Wann, sagten Sie, daß Mr. Kara nach Hause kommen wollte?«

»Um sechs.«

»Ich hätte hier einen wichtigen Brief«, sagte die Sekretärin, »der, glaube ich, persönlich bestellt werden sollte. Wenn Sie sich also die Mühe machen wollten . . .«

Für Fisher war dieser Auftrag ein Himmelsgeschenk, denn er hatte sich schon im stillen den Kopf zerbrochen, wie er einen absolut notwendigen Gang in die Stadt rechtfertigen sollte. Er nahm deshalb den Brief freudig entgegen und las, ohne auch nur mit der Wimper zu zucken, daß ihm ein Besuch bei Mr. T. X. Meredith, Scotland Yard, Abteilung Whitehall, bevorstand.

Den Brief vorsichtig in seiner Tasche unterbringend, verließ er das Zimmer, um sich umzukleiden. So groß auch das Haus war, hatte Kara doch davon abgesehen, eine größere Dienerschaft einzustellen. Die Köchin, zugleich Zimmermädchen, und der Kammerdiener waren die einzigen Personen, die ständig im Haus beschäftigt wurden und auch dort wohnten. Alle übrigen Arbeiten wurden von Leuten erledigt, die außer Haus schliefen.

Miss Holland war an ihrem Schreibtisch zurückgeblieben, vor sich die Briefe, die sie an diesem Nachmittag geschrieben hatte. Ihre Gedanken waren jedoch woanders. Sie hörte, wie die Haustür geschlossen wurde, und erhob sich, um vom Fenster aus auf die Straße zu blicken. Hinter der Gardine verborgen, beobachtete sie Fisher, wie er stadtwärts ging. Als er hinter der nächsten Straßenecke verschwand, verließ auch sie die Bibliothek und ging in die im Souterrain gelegene Küche. Sie suchte ab und zu Mrs. Beale, die Köchin, auf, um ein wenig mit ihr zu plaudern. Die alte Dame freute sich jedesmal herzlich, wenn sie bei ihr eintrat.

»Nett von Ihnen, Miss Holland, daß Sie mir wieder einmal Gesellschaft leisten«, sagte sie auch jetzt und seufzte.

»Sie müssen sich doch manchmal recht einsam vorkommen da unten?« fragte das Mädchen freundlich.

»Einsam, Miss? Das ginge noch, aber ich bekomme Gänsehaut, wenn ich so dasitze und mir die Türe dort ansehe.« Die Köchin zeigte auf eine schwere Eichentür. »Jedesmal läuft mir ein Schauder über den Rücken, wenn mein Blick darauffällt. Mr. Kara hat dort seinen Weinkeller, und kein anderer außer ihm war je dort drinnen. Ich weiß, daß er öfter den Keller aufsucht. Ich habe, um das herauszubekommen, einen Trick angewandt, den mir mein Bruder, der bei der Polizei ist, beigebracht hat: Ich habe einen Zwirnfaden zwischen Rahmen und Türkante gespannt, und als ich am nächsten Morgen nachsah, war er zerrissen.«

»Ja, Mrs. Beale, ich weiß, daß der Herr dort seine privaten Papiere aufbewahrt. Er hat es mir selbst gesagt.«

»Hm –«, meinte die Frau zweifelnd. »Ich wünschte jedenfalls, daß er die Tür zumauern ließe. Jeden Abend komme ich halb um vor Schreck, wenn ich mir vorstelle, daß die Tür aufgehen und der Geist des verrückten Lords hereinkommen könnte – wissen Sie, der, der die großen Weinkeller hat bauen lassen ...«

Miss Holland lachte. Dann sagte sie:

»Ich wollte Sie bitten, Mrs. Beale, mir etwas zu besorgen. Ich brauche Briefmarken.«

Die Frau war gerne dazu bereit. Während sie ihren Hut aufsetzte und den Mantel anzog, stieg Miss Holland ins Obergeschoß hinauf. Wieder stand sie beobachtend am Fenster, bis die Köchin nicht mehr zu sehen war.

Nun, als sie endlich allein war, begann die Sekretärin tatkräftig einen anscheinend schon längst gefaßten Plan auszuführen. Ihrem Handtäschchen entnahm sie ein Etui und löste daraus einen blitzblanken neuen Schlüssel. Schnell eilte sie die Treppe hinauf und den Korridor entlang bis zum Schlafzimmer ihres Chefs. Sie trat ein und ging direkt zum Tresor, den sie bereits nach wenigen

Sekunden geöffnet hatte. Sorgfältig prüfte sie verschiedene Fächer, konnte jedoch in ihnen nichts finden, was sie interessierte.

Die oberen Laden des Schrankinneren waren verschlossen. Miss Holland schien darauf vorbereitet zu sein, denn mit einem zweiten Schlüssel öffnete sie sie sofort. Hastig durchsuchte sie die beiden Fächer. Ihre Hand zitterte ein wenig, als sie beim letzten Fach angelangt war, das eine Anzahl Schmuckettuis enthielt. Eines nach dem andern zog sie heraus und fand endlich, als sie schon am Erfolg zu zweifeln begann, ganz zuunterst das, was sie suchte. Es war eine beinah rechteckige Holzkassette, die innen mit rotem Plüsch ausgelegt war. Mit einem unterdrückten Ausruf der Freude öffnete sie den Deckel.

»Endlich!« flüsterte sie.

In diesem Augenblick wurde ihr Handgelenk mit eisernem Griff umspannt, und als sie den Kopf, starr vor Schreck, herumwarf, blickte sie in das höhnisch grinsende Gesicht ihres Chefs.

Mit der letzten Energie, die sie noch aufbringen konnte, kämpfte die Überraschte gegen eine Ohnmachtsanwandlung an. Ihre freie Hand tastete nach der Tresortür, um sich zu stützen.

»Darf ich Ihnen dieses kleine Kästchen abnehmen?« bat Kara in seinem sanftesten Ton.

Er riß ihr die Kassette aus der Hand, legte sie ins Stahlfach zurück und schloß die Schranktür, nicht ohne einen interessierten Blick auf den Schlüssel zu werfen, den seine Sekretärin benutzt hatte.

»Ich muß mir offenbar wieder einmal einen neuen Geldschrank anschaffen«, bemerkte er lässig.

Für einen Moment ließ er ihr Handgelenk los, um sie sogleich am Arm zu packen. So zog er sie hinter sich her zur Bibliothek. Dort angekommen, lockerte er seinen Griff und blieb vor dem Mädchen stehen, das sich gegen den Schreibtisch lehnte und ihn kalt anblickte.

»Mir stehen verschiedene Möglichkeiten offen«, begann Kara langsam. »Ich könnte die Polizei rufen – das heißt, sobald meine Leute, die Sie so klug aus dem Haus zu entfernen wußten, wiederkommen. Ich könnte aber auch, um mir alle Scherereien zu ersparen, Ihre Bestrafung selbst in die Hand nehmen. Nun – ich habe für die Polizei nicht viel übrig . . .«

Ein Klopfen unterbrach ihn. Er ging an die Tür, wechselte einige Worter mit jemandem und kam ins Zimmer zurück. Lächelnd legte er eine Anzahl Briefmarken auf den Tisch.

»Ich habe bereits erwähnt«, fuhr er fort, »daß ich nicht allzuviel von der Polizei halte. In diesem besonderen Fall scheidet sie auch schon deshalb aus, weil diese Möglichkeit Sie nicht besonders zu schrecken scheint. Wahrscheinlich stehen Sie sogar im Sold der Polizei, um mich auszuspionieren. Habe ich recht, wenn ich behaupte, daß Sie eine Spionin meines Freundes T. X. Meredith sind?«

»Ich kenne diesen Mann nur vom Sehen und stehe auch nicht im Sold der Polizei«, antwortete sie ruhig und bestimmt.

Sie beobachtete ihn, wie er, den Zeigefinger an die Oberlippe gelegt, nachdenklich auf und ab ging. Ihr Herz schlug wie ein Schmiedehammer. Seit drei Monaten hatte sie ihre Rolle aufs beste gespielt. Nun aber machte sich die lange Nervenanspannung bemerkbar. Die Aussichtslosigkeit, je ihr Ziel zu erreichen, bedrückte sie jetzt mehr als die Angst um ihr eigenes Schicksal.

»Wenn ich Sie verhaften ließe«, begann Kara wieder, »dann würde Ihr Name in allen Zeitungen genannt werden. Ihr Bild würde die Sonntagsbeilage zieren.«

Er warf ihr einen prüfenden Blick zu, wie sie diese versteckte Drohung wohl aufnehmen würde.

»Das schreckt mich eigentlich nicht«, erwiderte sie kühl.

»Das ist es, was ich befürchte!«

Langsam ging er, als wolle er zum Fenster, an dem Mädchen vorbei. Plötzlich wandte er sich mit katzenartiger Behendigkeit um und riß sie in seine Arme, und ehe ihr klar wurde, was vor sich ging, hielt er sie fest an sich gepreßt und küßte sie auf den Mund.

»Schreien wird Ihnen gar nichts nützen –«, keuchte er heiser. »Mrs. Beale habe ich vorsorglich nochmals zum Hauptpostamt geschickt. Es wird wohl eine gute Stunde dauern, bis die Dame wiederkommt.«

»Lassen Sie mich sofort los!« preßte sie halb erstickt hervor.

Nun las er wirklich Furcht in ihren Augen, und ein Gefühl des Triumphes überkam ihn. Das war es, was ihm größte Befriedigung bedeutete – Furcht zu verbreiten!

»Fürchten Sie sich nun endlich vor mir?« fragte er höhnisch.

»Nicht wahr, Sie fürchten sich? Schreien Sie, damit ich Sie nochmals küssen kann.«

»Bitte, lassen Sie mich los –«, flehte sie.

Er spürte, wie sie in seinen Armen zitterte, und ließ sie lachend los. Halb ohnmächtig sank sie auf einen Stuhl.

»Sie werden mir nun beichten, wer Sie zu Ihrer Tat angestiftet hat!« befahl er. »Warum haben Sie sich hier eingeschlichen? Ich hegte nie auch nur den geringsten Verdacht gegen Sie. Ich vermute in Ihnen eine jener merkwürdigen Kreaturen, die in diesem Land so häufig sind – die lieber arbeiten, als sich einem Mann zu fügen! Die ganze Zeit aber spionierten Sie mich aus. Klug wie eine Schlange!«

In wenigen Minuten, das wußte sie, mußte Fisher zurückkommen. Auf seine Hilfe vertraute sie. Wenn nicht etwas dazwischenkam, würde Kara sich nicht davon abbringen lassen, sein Mütchen an ihr zu kühlen, sich an ihr zu rächen.

Er schien ihre Gedanken erraten zu haben, denn er kam wieder näher und beugte sich zu ihr.

»Warum zucken Sie so ängstlich zusammen?« fragte er spöttisch, als sie zurückwich. »Sie werden so oder so tun müssen, was ich von Ihnen verlange. Begleiten Sie mich nach unten!«

Er packte sie am Arm und führte sie aus dem Zimmer. Sie stiegen die Treppe hinab. Die Gefangene sprach kein Wort. Sie hoffte immer noch, sich losreißen zu können und auf die Straße zu gelangen. Ihre Hoffnungen wurden aber schnell zunichte, denn der Griff, mit dem Kara jetzt ihren Arm umspannt hielt, war wie von Eisen. Als er sie in Richtung Küche weiterzerrte, sträubte sie sich.

»Wohin wollen Sie mich bringen?« fragte sie erschrocken.

»Dorthin, wo Sie keinen Schaden mehr anrichten können. Es wird wohl doch am besten sein, wenn ich Sie der Polizei übergebe. Bis die Beamten kommen, werde ich Sie im Keller behalten.«

Hinter der schweren Tür, die von der Küche aus in den Keller führte, befand sich eine zweite, deren Riegel Kara zurückschob. Beide Türen waren stahlgepanzert, die eine an der Innen-, die andere an der Außenseite. Mehr konnte das Mädchen nicht sehen, denn Kara hatte sie in der Dunkelheit hineingeschoben und knipste nun erst das Licht an.

»Im Dunkeln werden Sie sich doch zu sehr fürchten!« sagte er.

Sie wollte schreien, aber seine Hand verschloß ihr mit brutalem Griff den Mund.

»Ich warne Sie –«, zischte er ihr ins Ohr.

Sein Gesicht war von Bosheit und Haß entstellt. Als er sich zum Gehen wandte, sank sie bewußtlos zu Boden.

Als sie die Augen wieder aufschlug, merkte sie, daß sie auf einem Feldbett lag. Verwirrt richtete sie sich auf und blickte sich um. Kara hatte sie verlassen. Der Keller, in dem sie sich befand, war sauber und trocken, die Wände mit weißleuchtenden Platten belegt. Zwei Glühbirnen warfen ein mattes Licht von der Decke und beleuchteten einen Tisch, einen Stuhl und einen Waschtisch – das einzige Mobiliar des Raumes. Für die notwendige Ventilation sorgte ein vergitterter Luftschacht. Der ganze Raum mit seiner Einrichtung ähnelte einer Gefängniszelle, und diesem Zweck mochte er wohl auch schon häufig gedient haben.

Beim vergeblichen Suchen nach einem Gegenstand, der ihr als Waffe dienen könnte, entdeckte Miss Holland in ihrem Handtäschchen, das ihr Kara abzunehmen vergessen hatte, eine kleine Papierschere, deren Griff sie mit einem Taschentuch umwickelte. Nun war sie wenigstens etwas gewappnet, wenn Kara noch einmal versuchen sollte, handgreiflich zu werden.

Der kleine Gefängnisraum besaß noch eine zweite Tür, und sie war nicht verschlossen. Hatte nicht Mrs. Beale erwähnt, daß sich hier unten mehrere Kellerräumlichkeiten befanden? Auf dem Fußboden des zweiten Raumes, den Miss Holland nun betrat, lag ein Kokosläufer. Als sie ihn aufrollte, entdeckte sie darunter eine Falltür. Sie mußte alle ihre Kräfte aufbieten, um die schwere Tür aufzuheben. Über eine Holztreppe gelangte sie in ein elegant möbliertes Zimmer. Ein farbenfroher, weicher Teppich bedeckte den Fußboden. Die bequemen Armstühle, der Schreibtisch mit dem ledergepolsterten Sessel und das Bücherregal ließen keinen Zweifel an der Bestimmung dieses Raumes aufkommen. Es war das Privatgemach des Hausherrn. Hier pflegte Kara seine geheimsten Briefe zu erledigen und seine privatesten Dokumente aufzubewahren. Neben diesem Geheimbüro lag noch ein kleines Gelaß, das mit einer kompletten Badeeinrichtung ausgestattet war.

Durch diese Entdeckungen ermutigt, setzte Miss Holland ihren Rundgang fort. Das Kellerlabyrinth schien bei weitem noch kein

Ende zu haben. Irgendwo weiter vorn war ein Lichtschein zu sehen, auf den sie nun zuging. Plötzlich stolperte sie über ein klirrendes Hindernis, und als sie sich bückte, um es aus dem Weg zu räumen, hielt sie eine Eisenkette in den Händen. Gleichzeitig war ein dumpfes Knurren zu vernehmen.

Zu Tode erschrocken eilte das Mädchen in Karas Studio zurück. Als sie sich wieder etwas beruhigt hatte, ging sie auf Zehenspitzen ein Stück weiter in die Richtung, aus der das Knurren gekommen war. Mit aufgerissenen Augen starrte sie dann auf das Bild, das sich ihren Augen bot.

»Allmächtiger Gott!« flüsterte sie. »Wer hätte so etwas im heutigen London für möglich gehalten?«

14

Inspektor Mansus hatte sein Arbeitszimmer in Scotland Yard. Am Nachmittag des Tages, an dem Miss Hollands Abenteuer in Karas Haus begann, schob ein Kriminalbeamter ein heulendes Dienstmädchen zu Mansus hinein. Von wortreichen Erklärungen und haltlosem Schluchzen überströmend, stand das Mädchen reuig vor dem Inspektor, der solche Szenen gewohnt war.

»Wenn Sie sich jetzt zehn Minuten still verhalten und mir einige Fragen beantworten, dann können wir uns viel schneller einig werden! Sie sind also die Zofe von Lady Bartholomew?«

»Ja, Herr Inspektor«, schluchzte die Aufgelöste.

»Und Sie wurden ertappt, wie Sie ein goldenes Armband Ihrer Herrin versetzen wollten, wie?«

Das Mädchen schluckte und schickte sich an, eine langatmige Erklärung vorzubringen.

»Ja, Sir. Aber die Lady hat mir doch das Armband so gut wie geschenkt, denn ich habe von ihr schon zwei Monate lang keinen Lohn erhalten. Dem geschniegelten Ausländer kann sie Tausende und aber Tausende geben, aber für ein armes Mädchen hat sie keinen Penny übrig. Wenn das Sir William wüßte! Den ganzen Tag spielt sie Karten! Und wo ist die Schnupftabakdose? Wenn er das wüßte! Ich werde mein Recht schon finden – wenn sie Mr. Kara soviel Geld geben kann, wird sie wohl auch mich bezahlen können. Und ...«

Mansus rief den Beamten, der das Mädchen gebracht hatte und auf dem Gang wartete, herein.

»Schafft sie in eine Zelle!« befahl er, und das heulende Mädchen wurde abgeführt.

Drei Minuten später trat der Inspektor bei seinem Chef ein und unterrichtete ihn von dem Vorfall.

»Die Sache scheint mir wichtig«, entschied Meredith. »Bringt sie mal zu mir!«

Als die Gefangene kurz darauf erschien, war sie in einem Zustand, der einer Ohnmacht nahe kam.

»Los, bringt ihr eine Tasse Tee!« befahl der Chef. »Setz dich, Marianne, und vergiß, was passiert ist.«

»Oh, Sir, ich habe so etwas zum erstenmal in meinem Leben getan«, begann das Mädchen und sank in den Stuhl, den ihr T. X. hinschob.

»Dann wirst du dich sicher dabei nicht gelangweilt haben, mein Kind – und nun hör mal gut zu!«

»Ich bin ein anständiges ...«

»Stopf dir deine Anständigkeit in die Pfeife und versuch sie zu rauchen! Wenn du mir die lautere Wahrheit gestehst und mir sagst, was es mit dem Geld, das Lady Bartholomew Mr. Kara gezahlt hat ...«

»Zweitausend Pfund, Sir«, fiel ihm die Zofe ins Wort. »Es waren zwei einzelne Tausender, und wie ich erfahren habe ...«

»Also los, sag mir die Wahrheit! Du sollst dann freigelassen werden, und wenn ich dabei zehnmal einem Verbrechen Vorschub leiste.«

Es dauerte noch geraume Zeit, bis T. X. sie soweit hatte, daß sie eine verständliche Schilderung der Ereignisse zu geben vermochte. In dem Bericht fanden sich Lücken, die erst nach längerem Hin- und Herfragen überbrückt werden konnten. Zuletzt kam aber doch ein halbwegs plausibles Ganzes zustande. Lady Bartholomew hatte im Kartenspiel viel Geld verloren und Kara angeborgt, um ihre Schulden bezahlen zu können. Als Sicherheit für das ihr gewährte Darlehen hatte sie ihm eine Schnupftabakdose übergeben, die Sir William von seinem Vater, einem Arzt, hinterlassen worden war. Dieser aber hatte die Dose von einem russischen Zaren, als Zeichen der Anerkennung für geleistete Dienste, erhalten. Nach der Beschreibung der Zofe bestand die Dose aus blauem Emaille und Gold und war mit fremdartigen Schriftzügen in einer unbekannten Sprache verziert. Über die Summe, die sich Lady Bartholomew von Kara geborgt hatte, war sich die Zofe nicht ganz im klaren. Bestimmt aber wußte sie, daß ihre Herrin dem Griechen bereits zweitausend Pfund zurückgezahlt, die Dose aber noch nicht wiederbekommen hatte. Wahrscheinlich hatte er sich geweigert, das Schmuckstück zurückzugeben.

Das Mädchen erzählte weiter, daß es wegen der Dose zu einer furchtbaren Szene gekommen sei. Das größte Theater habe sich jedoch bei der Rückkehr von Belinda Maria, der Tochter, abgespielt.

»Miss Bartholomew ist also wieder in London?« erkundigte sich Meredith.

Die Zofe vermutete, daß das junge Mädchen wieder nach Frankreich zurückgekehrt sei. Sicher war jedenfalls, daß Belinda Maria außerordentlich zornig wurde, als sie von der Schnupftabakdose und Karas Verhalten erfuhr. Sie hatte Dr. Williams, den Hausarzt der Eltern, aufgesucht und ihn bewogen, Lady Bartholomew zur Erholung wegzuschicken.

»Miss Belinda Maria scheint ja eine recht tatkräftige Person zu sein!« vermerkte T. X. überrascht. »Hat sie vielleicht auch Mr. Kara besucht?«

»O nein«, versicherte das Mädchen. »Ausländer sind bei Miss Belinda Maria nicht sehr beliebt. Sie ist eine wirkliche Dame!«

Nachdem Meredith der Zofe gehörig die Leviten gelesen und ihr aus seiner Tasche drei Monatslöhne ausgezahlt hatte, entließ er sie. Er wußte, daß sie ihn nicht angelogen hatte, als sie angab, keinen Lohn erhalten zu haben. Er forderte sie auf, nach Hause zu gehen, ihre Sachen zu packen und sich schnellstens aus London fortzuscheren.

Dann blieb er noch eine Weile vor seinem Schreibtisch sitzen und überlegte. Draußen im Vorraum wartete Mansus, und T. X. ging mit ihm zusammen nach Scotland Yard hinüber. Im Büro des Inspektors angelangt, setzte sich Meredith aufs Pult und zündete sich eine Zigarre an.

»Ich hätte Lust, Kara anzurufen«, sagte er gedankenvoll.

»Tun Sie es doch –«, ermunterte ihn Mansus, »dort steht das Telefon.«

»Er hat also doch erreicht, was er wollte? Man hat ihm die direkte Leitung bewilligt, wie?« T. X. betrachtete interessiert den kleinen Apparat. Er hob schon die Hand, um den Hörer abzunehmen, überlegte es sich jedoch anders. »Nein. Ich will ihn lieber morgen persönlich aufsuchen. Ich glaube kaum, daß über seine Beziehungen zu Lady Bartholomew etwas aus ihm herauszuholen ist.«

Es klopfte leise an die Tür, und auf das ›Herein‹ des Inspektors trat ein Polizist ins Büro. Die Hand grüßend an den Helm legend, überreichte er Meredith einen Briefumschlag.

»Das ist eben von Whitehall herübergeschickt worden«, meldete er.

T. X. nahm den Umschlag, der seine Adresse und den Vermerk: ›Eilt sehr! Persönlich abzugeben!‹ trug, nachlässig entgegen. Ohne besonderes Interesse riß er das Kuvert auf und entnahm ihm einige handbeschriebene Briefblätter. Die Handschrift kam ihm schon bei der Anrede: ›Mein lieber T. X.‹ bekannt vor.

Mansus beobachtete seinen Chef beim Lesen und bemerkte, daß er seine Stirn überrascht hochzog. Ohne ein Wort zu verlieren, las T. X. Seite für Seite durch, bis er endlich, am Ende angekommen, ausrief:

»Heiliger Strohsack! John Lexman!«

Seine Hände zitterten, als er die Blätter wieder ordnete und sie dann nochmals durchlas. Der Brief trug das heutige Datum und als Adresse war nur ›London‹ angegeben.

Das Schreiben lautete:

›Mein lieber T. X.,

ich zweifle nicht einen Augenblick daran, daß dieser Brief Dir einige Überraschungen bereiten wird, denn die meisten meiner Freunde dürften mich für tot halten. Glücklicherweise – oder soll ich ›leider‹ sagen – ist dies nicht der Fall. Doch ich will nicht ins

Dramatische verfallen. Ich freue mich auf ein Wiedersehen mit Dir, meinem besten Freund. Falls Dir meine Ergüsse etwas verworren vorkommen, dann verzeih mir – ich bin eben erst heimgekehrt, und die Überfahrt war recht stürmisch. Ich schreibe diese Zeilen im Charing Cross Hotel, werde jedoch nicht hierbleiben. Meine neue Adresse teile ich Dir noch mit.

Es dürfte auch für Dich ein Schlag sein, wenn ich Dir vom Tod meiner geliebten Frau berichte. Sie starb vor einem halben Jahr im Ausland. Du kannst Dir denken, daß dieses Thema mir Schmerz bereitet, und daß ich es deshalb nicht gern berühre.

Nun habe ich eine Bitte: Ich vermute, daß ich mit meiner damaligen Flucht aus Dartmoor straffällig geworden bin, und beabsichtige deshalb, mich freiwillig der Polizei zu stellen. Du sprachst immer sehr lobend von Deinem persönlichen Gehilfen, Inspektor Mansus, so daß ich mich gern, wenn ich Dir damit nicht zu nahe trete, heute abend 10.15 Uhr bei ihm melden würde.

Auf keinen Fall, mein lieber Freund, möchte ich Dich mit dieser Angelegenheit behelligen. Laß mich also, wie ich es beabsichtige, die Sache allein mit Mansus in Ordnung bringen. Ich danke Dir schon im voraus für Deine Freundlichkeit.

Ich weiß, daß meine Strafe keine große sein kann, denn meine Begnadigung war ja, wie ich erfahren habe, schon am Abend vor meiner Flucht ausgefertigt worden.

Wenn wir uns treffen, erwarte bitte keinen langen Bericht von mir, denn das, was ich in den letzten beiden Jahren erlebt habe, möchte ich am liebsten ganz und gar aus meinem Gedächtnis löschen. Meine verstorbene Grace und ich machten Schlimmstes durch – für sie war der Tod eine Erlösung.

Triffst Du Kara oft?

Bitte, benachrichtige Mansus von meinem beabsichtigten Besuch. Er wird mich zwischen zehn und halb elf erwarten dürfen. Er möchte dem diensttuenden Torwart Bescheid sagen.

Mit den herzlichsten Grüßen, mein lieber Freund, bin ich

Dein John Lexman‹

Merediths Augen glänzten feucht, als er sich, nach der zweiten Lektüre, an Mansus wandte.

»Hier, lesen Sie diesen Brief – die arme Frau! Wahrscheinlich will John alles vermeiden, was mich mit meiner Pflicht in Kollision bringen könnte. Trotzdem will auch ich ihn hier erwarten. Ich werde heute noch mit dem Minister sprechen, damit die volle Begnadigung schon da ist, wenn Lexman heute abend kommt. Der Unterstaatssekretär hat mir das Dokument schon längst versprochen.«

Mit seinen Gedanken beschäftigt, ging Meredith nach Whitehall zurück. Der Februarabend war kalt und unfreundlich, Regen und Schnee wirbelten durcheinander, und ein scharfer Ostwind drang sogar durch die Nähte des dicken Mantels, den Meredith trug. Als er sich seinem Dienstgebäude näherte, sah er jemand wartend vor der Eingangstür stehen. Es war eine mütterlich aussehende, bestimmt sehr achtenswerte ältere Dame, die mit ihrem Sealmantel und altmodischen Hut sonderbar von der Strenge des Gebäudes abstach.

»Nanu?« rief ihr T. X. zu. »Sie warten wohl auf Einlaß?«

»Ich suche Mr. Meredith–«, erwiderte die Frau gewichtig.

»Ihre Sehnsucht soll befriedigt werden!«

T. X. schloß die Tür auf und geleitete die Besucherin durch das kahle Treppenhaus in sein im ersten Stock gelegenes Amtszimmer. Er knipste sämtliche Lampen an und betrachtete die Frau genauer.

Eine gutmütige Person, dachte er sich. Vielleicht mit einigen Größenwahnideen behaftet, sonst aber brav.

»Sie werden die späte Störung entschuldigen, Sir«, begann sie. »Wie mein Vater zu sagen pflegte, muß man in derartigen Fällen die Devise des Hosenbandordens beherzigen« ›Honny soit qui mal y pense!‹«

»Ihr Vater war wohl in der Strumpfbranche tätig?« fragte Meredith scherzend. »Wollen Sie nicht wenigstens Platz nehmen, Mrs. . . .?«

»Mrs. Cassley, bitte.« Sie knickste. »Nein, mein Vater war Tapezierer.«

»Was führt Sie zu mir, Mrs. Cassley?«

»Möglich, Mr. Meredith, daß mein Besuch zu nächtlicher Stunde mißverstanden werden könnte, aber: ›Qui s'excuse . . .‹«

»Ja, ich weiß –«, unterbrach T. X., »›es ist nicht alles Gold, was glänzt‹, doch – was kann ich für Sie tun? Ich falle nämlich bald um vor Hunger.«

»Die Sache verhält sich so: Bei mir wohnt seit einigen Monaten eine sehr anständige Dame. Glauben Sie mir, ich weiß, was ich damit sage, denn ich kann Anstand und Sitte wohl erkennen. Seit langem übe ich den Beruf einer Zimmervermieterin aus. Früher war ich bei einem Arzt als Haushälterin.«

»Ich begreife, Sie haben Menschenkenntnis«, sagte T. X. geduldig und half Mrs. Cassley, den Faden wieder zu finden. »Wo, sagten Sie doch, wohnen Sie?«

»86 Marylebone Road«, erwiderte die alte Dame.

Merediths Interesse erwachte sofort.

»So? Und was ist mit der jungen Dame?«

»Sie ist, glaube ich, bei einem gewissen Mr. Kara als Sekretärin beschäftigt und ...«

»Haben Sie irgendeine Nachricht von der jungen Dame bekommen?«

Mrs. Cassley beugte sich vor und sprach in einem unnatürlichen, dramatischen Ton.

»Die Sache war so: Vor einigen Tagen sagte mir die junge Dame, daß ich, falls sie einmal abends bis acht Uhr nicht zu Hause sei, sofort zu einem Mr. T. X. Meredith, Whitehall, gehen sollte und ihm ...«

Sie unterbrach sich, anscheinend um die Spannung ihres Zuhörers zu steigern. Sie erreichte ihren Zweck vollkommen.

»Weiter, weiter! Schnell, was geschah weiter?« rief T. X. ungeduldig.

Mrs. Cassley fuhr fort:

»Sagen Sie ihm, sagte sie, daß Belinda Maria ...«

Meredith sprang auf.

»Belinda Maria? Belinda Maria?«

Mit einem Schlag begriff er. Das Mädchen bei Kara, das Neugriechisch schrieb und sprach, hatte sich bei dem Albano-Griechen als Sekretärin eingeschlichen, um das Schmuckstück ihrer Mutter, Lady Bartholomews, zurückzugewinnen.

Unterdessen erzählte Mrs. Cassley weiter, aber ihr Wortstrom plätscherte ungehört an Meredith vorbei. Der Gedanke, daß Belinda Maria für den Fall, daß ihr etwas zustieß, an ihn gedacht hatte, ließ sein Herz höher schlagen.

Ohne zu zögern, rief er Mansus an, erteilte ihm einige Befehle und wandte sich dann wieder an die überraschte Mrs. Cassley.

»Warten Sie hier auf mich – ich bin bald zurück. Ich werde die Sache untersuchen.«

Kara war zu Hause, lag aber schon im Bett. T. X. erinnerte sich, daß der Grieche stets zeitig schlafen ging und die Gewohnheit hatte, späte Besucher im Schlafzimmer zu empfangen. So geschah es auch jetzt. Kara trug einen seidenen Schlafanzug und verließ sein Bett nicht.

»Welch freudige Überraschung!« begrüßte er den Chefinspektor. »Bitte, entschuldigen Sie mein Deshabillé.«

Meredith hatte keine Lust, Höflichkeiten auszutauschen.

»Wo ist Miss Holland?« fragte er geradeheraus. »Miss Holland?« Kara blickte ihn besorgt an, als zweifle er, richtig gehört zu haben. »Wie kommen Sie zu dieser Frage? Wo soll sie denn sein, wenn nicht zu Hause – oder im Theater, in einem Kino, was weiß ich?«

»Zu Hause ist sie nicht, und ich habe Grund, sie noch hier zu vermuten.«

»Warum so mißtrauisch, Mr. Meredith?« Kara klingelte, und Fisher erschien mit einem Tablett, auf dem zwei Tassen Kaffee standen. »Fisher –«, wandte er sich an den Diener, »Mr. Meredith erkundigt sich nach Miss Holland. Sagen Sie ihm doch, wo sich die Dame gegenwärtig befinden könnte. Sie wissen ja besser, was sie treibt.«

»Soviel mir bekannt ist«, antwortete der Diener, »hat Miss Holland das Haus gegen fünf Uhr dreißig verlassen. Kurz vor fünf erteilte sie mir noch einen Auftrag, und als ich zurückkam, hingen ihr Hut und ihr Mantel nicht mehr an der Garderobe in der Diele. Sie wird also wohl nach Hause gegangen sein.«

»Sie selbst haben sie aber nicht gehen sehen, wie?« fragte T. X.

»Nein, Sir. Es trifft sich überhaupt selten, daß ich sie gehen oder kommen sehe.«

»Na also«, schaltete sich Kara wieder ein. »Sie wird zu Hause oder eben ausgegangen sein. Überhaupt . . .« Er blinzelte anzüglich. »Eigentlich müßte ich die Dame ja vor Ihnen schützen, Sie Schwerenöter!«

Was blieb T. X. anderes übrig, als auf diesen Ton einzugehen? Mit dienstlicher Strenge war hier nichts zu erreichen, und für eine Durchsuchung des Hauses fehlte ihm die Vollmacht. Er fuhr nach Whitehall zurück und schickte Mrs. Cassley nach Hause.

»Wenn Miss Holland noch nicht zurück ist, rufen Sie mich gleich an!«

Alleingeblieben, warf T. X. einen Blick auf die Uhr.

»Gleich Viertel vor zehn – es wird Zeit, Lexman zu erwarten!«

15

Das Triumphgefühl, das Kara empfunden hatte, als Meredith unverrichteterdinge abziehen mußte, hielt nicht lange an. Wie kam es, daß gerade an diesem Abend die Gespenster der Vergangenheit aus ihren Gräbern stiegen und ihm die Freude an der Niederlage seines Gegners vergällten?

Jener albanische Häuptling, dem er einst die Geliebte geraubt hatte, und den er später in Pezarro das Schafott besteigen sah, kam ihm in den Sinn. Mit einem wollüstigen Schauer vergegenwärtigte sich Kara noch einmal die Umstände, die zu jener Hinrichtung geführt hatten ... Starr vor sich hinblickend stellte er sich die dem Schießpulverfäßchen immer näherkommende Kerzenflamme vor, hörte das Triumphgelächter seiner Feinde, die sich bereits anschickten, das Haus zu verlassen, unter dessen Trümmern sie seinen Leichnam zu begraben hofften, vernahm im Geiste die donnernden Kolbenschläge der zur rechten Zeit herbeigeeilten Gendarmerie, die ihn aus seiner schlimmen Lage befreite – und schließlich sah er wieder das wutverzerrte Gesicht seines gefesselten Todfeindes vor sich, empfand von neuem die Genugtuung, ihn an den Galgen gebracht zu haben.

Ein Läuten an der Haustür schreckte ihn aus seinen Erinnerungen. War etwa Meredith noch einmal zurückgekehrt, um herauszubekommen, ob Miss Holland nicht doch im Haus war? Er erhob sich, öffnete leise die Tür und beugte sich hinaus. Unten schloß der Diener die Haustür auf. Nein, Meredith war es sicher nicht, der Einlaß begehrte, doch wer immer es war – Fisher mußte die Nacht außer Haus zubringen, um seine, Karas Pläne nicht durchkreuzen zu können.

Von der Diele her vernahm er kurze, heftig hervorgestoßene Sätze. Er zog sich, als er Fisher die Treppe heraufkommen hörte, schnell ins Zimmer zurück und schloß die Tür.

Es klopfte.

»Mr. Gathercole ist gekommen, Sir!« rief Fisher vor der Tür. »Er bittet Sie, ihn zu empfangen.«

Erleichtert öffnete Kara die Tür.

»Der Forscher?« Er lächelte. »Selbstverständlich bin ich für Mr. Gathercole zu sprechen. Führen Sie ihn bitte sofort zu mir. Ich werde ihn hier empfangen.«

»Ich habe Mr. Gathercole bereits mitgeteilt, daß Sie sich zurückgezogen hätten«, meldete Fisher. »Er fluchte entsetzlich, als er dies hörte.«

Kara lachte.

»Schicken Sie ihn nur herauf! Wenn er wieder weg ist, haben Sie für heute nacht frei. Sie brauchen vor morgen früh nicht zurückzukommen.«

»Danke sehr, Sir.«

Dieser Ausgang kam Fisher sehr gelegen, denn er hatte allerlei vor, das er bei dieser Gelegenheit erledigen konnte.

»Bleiben Sie«, ergänzte Kara, »auf alle Fälle bis elf Uhr im Haus, um etwaige Wünsche Mr. Gathercoles auszuführen. Bevor Sie dann weggehen, bringen Sie mir ein Glas Milch und einige belegte Brötchen. Sie brauchen nicht hereinzukommen – stellen Sie alles vor die Tür.«

»Wie Sie befehlen, Sir.«

Fisher eilte zu Gathercole in die Diele hinunter.

»Mr. Kara läßt bitten, Sir«, teilte er dem gereizt Wartenden mit.

»So? Wie liebenswürdig von ihm! Er will sich also so weit herablassen, mich zu empfangen? Welch eine Leutseligkeit!«

»Ja, Sir«, war alles, was Fisher darauf zu erwidern wußte.

»He, Sie Lakaienseele, kommen Sie mal näher heran! Sehen Sie sich meinen grauen Bart an!«

Der Diener grinste verwirrt.

»Sehen Sie nach, ob er wirklich grau ist!« brüllte ihn Gathercole an.

»Jawohl, er ist grau . . .«

»Wirklich grau? Ziehen Sie mal daran, ob er echt ist!«

»Wie dürfte ich mir eine derartige Freiheit herausnehmen, Sir?« wehrte der Bedrängte ab.

»Freiheit, he? Los, marsch, führen Sie mich zu Ihrem sauberen Herrn!«

Sie stiegen die Treppe hinauf. Diesmal hatte der Besucher keine Bücher mit, und sein linker Arm hing tot herab. Oben angekommen, stieß Fisher die Tür auf und meldete mit lauter Stimme den Gast an.

Kara kam dem Forscher entgegen und begrüßte ihn mit einem gewinnenden Lächeln. Leise schloß Fisher hinter den beiden die Tür und lief wieder ins Erdgeschoß hinab, um noch einiges vor seinem beabsichtigten Ausgang zu erledigen.

Zehn Minuten später hörte er, wie im ersten Stock die Tür geöffnet wurde. Wie aus der Lautstärke hervorging, schien sich Gathercole auf der Schwelle noch mit Kara zu unterhalten.

»Für mich ist das Feuerland erledigt –«, hörte ihn Fisher sagen, »Schluß mit Patagonien! – Gewiß«, fuhr er nach einer kurzen Pause, anscheinend auf eine Bemerkung Karas hin fort, »wohin Sie wollen, nur nicht wieder nach dem verdammten Patagonien!«

Fisher wunderte sich über den verhältnismäßig freundlichen Ton des vorher so ruppigen Besuchers. Während er unten an der Treppe auf Gathercole wartete, hörte er ihn eine letzte Bemerkung an Kara richten:

»Hoffentlich wird Ihr Scheck auch eingelöst!«

Langsam kam er die Treppe herunter. Als er den Diener erblickte, hob er warnend seine gesunde Hand.

»Die Griechen soll alle der Teufel holen! Sorgen Sie nur dafür, mein Freund, daß Sie Ihren Lohn immer im voraus bekommen. Haben Sie mich verstanden?«

»Jawohl, Sir, aber bei Mr. Kara besteht in dieser Hinsicht keine Gefahr. Mit Geld ist er sehr großzügig.«

»So? Na, ich weiß es besser, Freundchen. Sie . . .« Er unterbrach sich, denn aus der Richtung des Schlafzimmers war ein leises ›Klick‹ zu vernehmen gewesen. »Was war das?«

»Mr. Kara hat den Türriegel vorgeschoben«, erklärte Fisher. »Er hat mir befohlen, ihn bis elf Uhr nicht mehr zu stören.«

»Er ist ein Angsthase, ein Feigling!«

Ohne sich weiter um den Diener zu kümmern, verließ Gathercole das Haus.

Draußen schaute er auf seine Uhr.

Es fehlten fünf Minuten bis zehn Uhr.

16

Sir George Hartley und T. X. Meredith schritten gemächlich durch die Gänge des Präsidiums. Sie befanden sich auf dem Weg zum Amtszimmer von Inspektor Mansus.

»Lexman wird sich freuen, Sie kennenzulernen, Sir George«, sagte T. X. »Kommen Sie doch mit, lassen Sie uns meinen Freund gemeinsam erwarten! Sie haben doch von jeher für diesen Fall großes Interesse gezeigt.«

Der Präsident murmelte etwas vor sich hin, als wehre er sich gegen die Zumutung, irgendeiner Sache besonderes Interesse widmen zu sollen.

»Dafür bekomme ich mein Gehalt, damit ich mich für derartige Dinge interessiere«, erklärte er laut. »Ich habe gestern mit Bartholomew über die Sache gesprochen und glaube nicht, daß Lexman für seine Flucht bestraft wird. Man hat mir die Niederschlagung des Strafverfahrens fest zugesagt.«

»So daß wir also Lexman nicht festzunehmen brauchen?«

Der Chef schüttelte nur den Kopf.

Ein kurzes Schweigen folgte, das durch die Frage Merediths unterbrochen wurde.

»Hat Bartholomew etwas von Belinda Maria erwähnt?«

Sir George blieb überrascht stehen.

»Und wer, wenn ich mir die Frage erlauben darf, ist diese Belinda Maria?« fragte er ironisch.

Meredith errötete bis an die Haarwurzeln.

»Sie ist die Tochter Bartholomews.«

»Ach so!« Der Ausruf sprach Bände. »Er erwähnte sie, glaube ich, kurz in seinem Gespräch.«

Sie betraten das Büro des Inspektors. Mansus saß vor seinem

Pult und schrieb. Bald befanden sich die Herren in einem angeregten Gespräch, so daß sie sich erst nach einiger Zeit wieder an den Zweck ihrer Zusammenkunft erinnerten.

»Lexman ist noch immer nicht da«, bemerkte Sir George.

»Eben scheint er einzutreffen!« rief T. X., als er feste, näher kommende Schritte auf dem Korridor hörte.

Er sprang auf und eilte dem Freund entgegen. Vor Aufregung konnte er im ersten Augenblick kein Wort hervorbringen. Stumm drückte er John die Hand, und erst nach einer Weile rief er mit etwas schwankender Stimme aus:

»Mein lieber Freund! Wie ich mich freue, dich wiederzusehen!«

Lexman erwiderte eine Zeitlang nichts. Dann sagte er leise:

»Es tut mir leid, T. X., wenn ich dir nun Unannehmlichkeiten bereite.«

»Unsinn! Schlag dir diesen Gedanken aus dem Kopf – komm! Sir George möchte dich kennenlernen.«

John Lexman hatte sich in den zwei Jahren stark verändert. Das Gesicht sah älter und gereifter aus, der Mund hatte einen verkniffenen Zug, und die Augen schienen tiefer in den Höhlen zu liegen. Er war im Abendanzug, und noch immer war seine Erscheinung stattlich wie vor seinem Verschwinden. Von der Schläfe bis zum Mund lief eine tiefe, kaum ausgeheilte Narbe, die er vor zwei Jahren nicht gehabt hatte.

»Ich muß mich entschuldigen«, sagte er, als er seinen Mantel über die Stuhllehne legte, »daß ich im Gesellschaftsanzug erscheine. Ich langweilte mich nämlich so sehr, daß ich mir die Zeit mit einem Theaterbesuch verkürzt habe.« Kein noch so leises Lächeln heiterte sein ernstes Gesicht auf. Er schien jedes Wort auf seine Wirkung hin abzuwägen. »Ich komme hierher, um mich der Polizei zu stellen.«

»Hast du Kara schon gesprochen?« fragte T. X.

»Nein – ich habe auch keine Sehnsucht nach ihm.«

»Sie brauchen sich wegen Ihrer Flucht keine Gedanken zu machen«, versicherte Sir George. »Aber sagen Sie bitte: Sie flüchteten wohl im Flugzeug, wie?«

Lexman nickte.

»Hat Ihnen jemand dabei geholfen?«

Wieder die stumme Bejahung.

»Sie werden verzeihen, Sir George, wenn ich mich darüber nicht äußere. Natürlich haben Sie ein Recht, auf der Beantwortung Ihrer Frage zu bestehen – solange Sie das jedoch nicht tun, möchte ich schweigen. Es ist auch besser, wenn die ganze Fluchtgeschichte gar nicht mehr zur Sprache kommt.«

Der Präsident überlegte kurz, dann sagte er:

»Gut, Schwamm drüber. Die Hauptsache ist ja, daß wir nun bald wieder ein neues, spannendes Buch von Ihnen erwarten dürfen.«

»Bis dahin wird noch viel Wasser die Themse hinabfließen. Vorläufig liegt mir der Gedanke, wieder zu schreiben, recht fern. Der Anreiz fehlt.«

Sir George ahnte, worauf Lexman sich bezog.

Das eingetretene Schweigen wurde durch lautes Telefongeklingel unterbrochen.

»Was soll das?« rief Mansus erstaunt. »Das ist doch der Apparat von Karas direkter Leitung!« Hastig nahm er den Hörer ab. »Hallo! Hallo!«

Keine Antwort. Nur ein fortgesetztes Knacken zeigte an, daß die Verbindung bestand.

Die im Zimmer Anwesenden blickten einander an.

»Da scheint etwas nicht in Ordnung zu sein«, gab Mansus der allgemeinen Vermutung Ausdruck.

»Versuchen Sie es noch einmal!« rief T. X., und Mansus gehorchte, doch Antwort bekam er auch diesmal nicht.

»Da mich die Sache nichts angeht, möchte ich gehen«, sagte Lexman und erhob sich. »Was bestimmen Sie wegen mir, Sir George?«

»Kommen Sie bitte morgen früh wieder«, bat der Präsident.

»Wo hast du deine Zelte aufgeschlagen?« erkundigte sich Meredith.

»Im Midland . . .«

»Ich werde dich morgen früh aufsuchen. Komisch, daß dieser geheimnisvolle Anruf gerade heute kommt, wo du bei uns bist!«

Lexman schwieg einen Augenblick, dann sagte er fest:

»Ich würde, falls dem Griechen etwas passiert ist, nicht eine einzige Träne vergießen. Das kannst du mir glauben.«

»Er scheint dich bitter gekränkt zu haben.«

»Ja, das hat er – verflucht soll er sein!«

17

Im Auto des Präsidenten fuhr Meredith mit einem Kriminalbeamten nach dem Cadogan Square. Auf ihr Klingeln öffnete Fisher sofort. Er schien etwas verwundert zu sein, als er die beiden sah.

»Nein«, erwiderte er auf Merediths Frage, »Mr. Kara hat nicht nach mir geklingelt. Er schläft wohl schon.«

T. X. eilte die Treppe hinauf und steuerte direkt auf Karas Schlafzimmertür zu. Einmal, zweimal klopfte er, ohne Antwort zu erhalten. Dann ungeduldig und unruhig geworden, trat er mit den Schuhen gegen die Füllung.

»Haben Sie unten ein Telefon?« fragte er den Diener, der ihm gefolgt war.

»Jawohl, Sir.«

»Rufen Sie sofort Scotland Yard an. Man soll mir Leute mit Werkzeugen schicken, um die Tür aufzubrechen. Ich habe nichts bei mir, was mir weiterhelfen könnte.«

»Es würde wenig nützen, das Schloß aufzubrechen, Mr. Meredith«, wandte der erschrockene Fisher ein. »Mr. Kara hat, wie ich weiß, den Sperrhebel schon vorgelegt.«

»Daran hatte ich nicht mehr gedacht! Verlangen Sie also auch eine Stahlsäge. Wir werden die Füllung durchsägen müssen.«

»Er nimmt wohl Schlafmittel?« erkundigte sich der inzwischen ebenfalls eingetroffene Mansus beim Diener, der mit bleichem Gesicht herumstand.

»Mir ist darüber nichts bekannt.«

Statt untätig auf die Ankunft der Werkzeuge zu warten, kontrollierte Meredith die übrigen Räume auf dem Stockwerk. Er fand nichts Bemerkenswertes, nur in einem schmalen Abstellraum entdeckte er einen großen Schrankkoffer, der über und über mit Hoteletiketten und Bahnvermerken beklebt war. Er mußte eine weite Reise zurückgelegt haben. Quer über den Deckel zog sich die mit roter Farbe aufgedruckte Warnung: ›Vorsichtig zu behandeln – nicht stürzen‹.

Da inzwischen die Schlosser eingetroffen waren, schenkte Meredith diesem Fund keine weitere Aufmerksamkeit. In weniger als einer Viertelstunde hatte die Stahlsäge ihr Werk vollbracht. In der

Füllung befand sich ein Loch, groß genug, um hineingreifen zu können.

Nachdem einmal der Stahlriegel geöffnet war, gab es keinen weiteren Widerstand mehr zu überwinden – T. X. stieß die Tür auf und ging als erster ins Zimmer.

»Wartet hier draußen!« befahl er seinen Begleitern.

Ein kurzes Suchen nach dem Schalter, dann leuchtete das grellweiße elektrische Licht auf.

Starr, den Nachtanzug über und über blutbefleckt, hing der leblose Körper Karas über der Bettkante, als hätte ihn der Mörderstahl beim Versuch, aus dem Bett zu springen, getroffen.

Meredith betrachtete den Toten, bemerkte das verzerrte Lächeln auf dessen Gesicht und wandte sich langsam, fast widerwillig, von dem entsetzlichen Bild ab.

Sein Blick fiel auf ein seltsam verbogenes Kerzenende, das in der Mitte des Zimmers auf dem kostbaren Teppich lag.

Mansus entdeckte eine zweite, etwas dickere Kerze, als er unter Karas Bett nachschaute. Auf dem Tisch neben dem Bett stand der Telefonapparat. Der Hörer lag nicht auf der Gabel, er baumelte an der Leitungsschnur über die Tischkante hinab. Zwei Bücher und ein Brieföffner aus Elfenbein lagen neben dem Telefon.

Meredith zog, bevor er die Gegenstände berührte, Handschuhe an, um etwa vorhandene Fingerabdrücke nicht zu verwischen. Doch stellte sich diese Maßnahme als überflüssig heraus, da nicht die geringste Spur entdeckt werden konnte.

»Öffnen Sie, um Himmels willen, das Fenster! Die Hitze hier drinnen ist entsetzlich. Verwischen Sie mir aber keine Spuren, Mansus! Ist das Fenster verriegelt?«

Erst als sich Mansus überzeugt hatte, daß das Fenster einwandfrei verschlossen war, öffnete er. In diesem Augenblick ertönte aus dem Erdgeschoß ein stürmisches Läuten.

»Der Einbrecheralarm!« stellte T. X. fest. »Stellen Sie das Gerassel ab, Fisher!« befahl er dem Diener, der die Entwicklung der Dinge stumm, aber mit schreckensbleicher Miene verfolgte.

Fisher kam dem Befehl nicht ungern nach. Kaum hatte er das Zimmer verlassen, gab Meredith einem Beamten Auftrag, den Diener nicht aus den Augen zu lassen. Kurz darauf schwieg das Läutwerk. Fisher, dem das Mordzimmer Grauen einflößte, hielt sich jetzt in der Diele auf. Und hier geschah es, daß seine suchend umherschweifenden Blicke auf dem runden Tisch den Briefumschlag erspähten, den er, als er zuletzt hier unten gewesen war, bestimmt nicht gesehen hatte. Nachdenklich nahm er ihn auf und stellte erstaunt fest, daß das Schreiben an ihn selbst gerichtet war. Wer konnte ihm geschrieben und den Brief einfach hierhergelegt haben? Niemand war im Haus gewesen, niemand hatte, seit Gathercole es verlassen, die Diele betreten. Mit einer Ahnung kommenden Unheils riß er den Umschlag auf und entnahm ihm einen Briefbogen. Kaum hatte er den kurzen Inhalt gelesen, wurde er kreidebleich. So ungezwungen wie möglich durch die Diele schlendernd, zerknüllte er den Brief in der Hand und warf ihn ins flackernde Kaminfeuer.

In diesem Augenblick beugte sich oben Mansus übers Geländer und rief den Beamten zu sich, der auf Fisher aufpassen sollte. Diese Gelegenheit machte sich der Diener zunutze. Ohne auch nur zu versuchen, Rock und Mantel zu holen, schlich er sich zur Haustür, öffnete sie leise und schlüpfte auf die dunkle Straße hinaus.

Wenige Minuten nach seiner Flucht erschien der Polizeiarzt. Den Zeitpunkt der Ermordung des Griechen konnte er nicht genau bestimmen.

»Gegen zehn Uhr fünfundzwanzig erfolgte, wie Sie sagten, der Anruf? Das dürfte nach meinem Dafürhalten auch die Tatzeit gewesen sein. Mit der Rechten wird der Mörder dem Opfer das Messer in die Brust gestoßen haben, während er mit der Linken seine Kehle umklammert hielt, um das Schreien zu verhindern.«

Die Vernehmung der Köchin, Mrs. Beale, bestätigte die Aussagen Fishers. Danach hatte er sich fast den ganzen Abend bei ihr in der Küche aufgehalten. Nun wollte sich Meredith den Diener vornehmen, aber er war verschwunden.

»Lassen Sie nach ihm fahnden!« ordnete er an. »Ich kann mir zwar nicht denken, daß er etwas mit der Sache zu tun hat, aber ich muß ihn trotzdem vernehmen. Merkwürdig – niemand hätte, auch Fisher nicht, ohne Karas Erlaubnis das Schlafzimmer betreten oder nach der Tat wieder verlassen können. Der Riegel war ja bei unserem Eintreffen noch vorgeschoben. Was haben Sie in Karas Taschen gefunden, Mansus?«

Der Inspektor brachte die Gegenstände, die er vorsorglich auf einem Tablett ausgebreitet hatte. Zum größten Teil waren es Schlüssel, deren Bestimmung Mrs. Beale ohne weiteres angeben konnte. Nur einige wenige hatte sie, wie sie sagte, noch nie zu Gesicht bekommen.

»Ich glaube«, rief sie plötzlich aus, »dieser da gehört zum Weinkeller!«

»Ach, an den Keller hatte ich nicht mehr gedacht!« gestand Meredith. »Ob dort die Erklärung für das geheimnisvolle Verschwinden von Miss Holland zu finden ist?«

Er hatte das Mädchen in all dem Durcheinander des Abends wirklich vergessen und machte sich bittere Vorwürfe deswegen. Sofort begab er sich in die Küche und blieb vor der schweren Eichentür stehen.

»Sieht ganz nach einer Gefängnistür aus!« brummte er.

»Nicht wahr? Das war auch immer schon meine Meinung«, fiel Mrs. Beale ein. »Jedesmal, wenn ich sie mir ansehe, kommt mich das Gruseln an. Wer weiß, was sich hinter ihr schon abgespielt haben mag.«

Tatsächlich ließ sich die Tür mit dem bezeichneten Schlüssel ohne weiteres öffnen. Die zweite, dahinterliegende Tür war nur verriegelt und lief spielend leicht und geräuschlos in wohlgeschmierten Angeln.

Neugierig blickte Meredith in dem spärlich ausgestatteten Kellerraum umher, der erstaunlicherweise von zahlreichen elektrischen Lampen erleuchtet war.

»Hier hat wohl jemand verspätet Weihnachten gefeiert!« rief er überrascht aus.

Und dann entdeckte er etwas Sonderbares. Auf dem Tisch lag eine mit einem Taschentuch umwickelte Schere. Tuch und Schere waren blutverschmiert. Bleich bis in die Lippen starrte Meredith das Monogramm auf dem befleckten Tüchlein an: B. M. B.! – Nachdem er sich vergewissert hatte, daß ihn niemand beobachtete, ließ er das verdächtige Instrument in seiner Tasche verschwinden.

Er war über sich selbst verwundert. Wie kam er, der eifrige Polizeibeamte, dazu, Spuren zu unterschlagen, die vielleicht zur Aufklärung eines Mordes dienen konnten. Doch wie, so fragte er sich zweifelnd, kam Belinda Maria – denn auf sie deutete das Monogramm auf dem gefundenen Taschentuch hin – dazu, den Griechen zu ermorden? Wie sollte sie in sein Zimmer hinein- und – vor allem – wieder herausgekommen sein? Warum, wenn ihr das Unmögliche dennoch gelungen wäre, hatte sie sich dann in den Keller begeben und dort den Beweis ihrer Tat hinterlassen? Diese Zweifel machten T. X. zu schaffen, und darum wollte er sich Mrs. Beale noch einmal vornehmen. Er machte sich auf die Suche nach ihr und fand sie in einem Zimmer im ersten Stock.

»Nein, Sir, ich habe gar nichts gehört, und ich bin auch den ganzen Abend nicht aus der Küche herausgekommen.«

T. X. verständigte Mansus und kehrte darauf wieder in den Keller zurück.

Was mochte hier unten vor sich gegangen sein? Er fand die Falltür und stieg ins zweite Kellergeschoß hinunter. Wozu hatte Kara hier unten ein so luxuriöses Büro benötigt? Einen Raum nach dem andern durchsuchte Meredith und gelangte endlich in ein von einer starken Lampe erhelltes Zimmer. Unter der Lampe stand ein Feldbett. Das Bett mußte bis vor kurzem noch benützt worden sein. Decken und Laken waren zurückgeschlagen. Nirgends jedoch war ein menschliches Wesen zu finden, das hier gehaust haben könnte. In einer Nische stand ein elektrischer Kochherd, über dem sich ein Ventilator befand. Ein Schrank enthielt Lebensmittel.

Auf den sauber gescheuerten Fußbodenbrettern waren verwischte Blutspuren zu sehen. T. X. verfolgte sie ein Stück weit, bis sie sich verloren. Alles deutete darauf hin, daß jemand einen schweren Körper die Bohlen entlanggeschleift hatte. In der Nähe des Baderaumes, den T. X. noch nicht betreten hatte, entdeckte er die Blutspuren von neuem. Als er ihnen folgte, fand er im Badezimmer, eingeklemmt zwischen Wanne und Wand, den Kadaver einer riesigen Dogge mit lang heraushängender Zunge. Am Halsband des toten Tieres hingen einige Kettenglieder.

Meredith pfiff vor sich hin. Warum hatte das Mädchen den Hund erstochen?

18

Müde und abgespannt kam Meredith am frühen Morgen zu Sir George, um ihm über die Ereignisse der letzten Stunden Bericht zu erstatten. Die Zeitungen hatten die Nachricht von der Ermordung des Griechen bereits gebracht.

»Sowohl Gathercole als auch Fisher sind wie vom Erdboden verschwunden«, teilte T. X. dem Präsidenten mit. »Von ersterem wissen wir nur, daß er jenen Zeitungsartikel, von dem ich Ihnen erzählte, an die ›Post‹ eingesandt hat. Zu Gesicht bekommen hat ihn auch auf der Redaktion niemand. Im Klub, wo er früher immer verkehrte, kennt keiner seine Adresse. Ich habe heute früh seine Wohnung in Lincolns Inn durchsuchen lassen, aber auch dort ist er seit seiner mutmaßlichen Rückkehr von Patagonien noch nicht gewesen. Er hat die Räumlichkeiten an andere Leute vermietet. Ein Beamter, der auf dem Bahnhof Dienst hatte, sah gestern abend bei der Abfahrt des Elfuhrzuges einen Herrn, auf den die Beschreibung Gathercoles paßt. Das ist die einzige etwas hoffnungsvollere Nachricht.«

»Haben Sie Karas Sekretärin vernommen?«

Hier war sie, die Frage, die T. X. gefürchtet hatte.

»Nein, Sir George. Auch sie ist seit gestern nachmittag verschwunden.«

Der Chef lehnte sich im Stuhl zurück und fuhr sich mit der langfingrigen Hand durch die schütteren, weißen Haare.

»So? Sie haben also weiter niemand, den Sie befragen könnten, als den Toten selbst?« fragte er ironisch. »Wenn Ihnen die Sache zu hoch erscheint, so will ich gern einen anderen mit der Aufklärung betrauen, Mr. Meredith! Derartige Fälle gehören ja überhaupt nicht zu Ihrem Arbeitsbereich.«

»In diesem Stadium der Ermittlungen möchte ich den Fall nicht aus der Hand geben«, verwahrte sich T. X.

»Haben Sie noch irgend etwas über das Vorleben Karas erfahren können?«

»Nicht viel – doch das wenige wirft kein sehr schmeichelhaftes Licht auf den Toten. Es scheint, daß er bei allen revolutionären Umtrieben, die in den letzten Jahren Albanien zu einer Gefahr für seine Nachbarn werden ließen, seine Finger mit im Spiel hatte. Er hat sein Geld überall dort eingesetzt, wo es ihm für seine ehrgeizigen Pläne nützlich schien. Sie liefen auf nichts Geringeres hinaus als auf eine Krone! Bartholomew erzählte mir, daß Kara seine gesellschaftlichen Beziehungen zu unseren Regierungskreisen hauptsächlich dazu benutzt habe, um diesen einen möglichen Regierungswechsel in seinem Vaterland schmackhaft zu machen. Inwieweit er damit Erfolg gehabt hat, weiß ich nicht. Jedenfalls fanden wir in seinen Geheimfächern viele Briefe und Schriftstücke in Geheimschrift, die wir natürlich sofort dem Foreign Office zur Entziffeung übergaben. Über den Inhalt habe ich noch nichts erfahren können, doch zweifle ich nicht daran, daß das Resultat sehr interessant sein wird.«

Der Präsident überlegte eine Weile, dann sagte er:

»Ich kann mir nicht helfen, aber ich glaube, daß das Verschwinden der Sekretärin unmittelbar mit dem Mord zusammenhängt. Bringen sie mir die Dame – dann wissen wir bald, wer der Täter ist!«

In keineswegs sehr gehobener Stimmung suchte Meredith, bevor er sich zum Lunch begab, Lexman auf. Als der Wagen, den sich T. X. genommen hatte, vor dem Hotel hielt, trat der Schriftsteller gerade aus dem Portal.

»Komm, John, begleite mich zum Lunch!« schlug Meredith vor. »Das Neueste weißt du wohl schon?«

»Wenn du damit auf Karas Ermordung anspielst – ja, ich habe davon gelesen. Merkwürdig! Gestern abend sprachen wir von ihm – hm! Gerade als sein Telefon klingelte! Ich würde mich freuen, T. X., wenn du mit dieser Sache nichts zu tun hättest.«

»Warum macht dir das Sorgen?« fragte Meredith erstaunt.

»Du mißverstehst mich – ich meine nur, daß du nicht hättest dabeisein sollen, als ich mich bei Mansus meldete. Ich hatte beabsichtigt, die ganze Vergangenheit zu begraben, ohne meinen besten Freund damit zu behelligen.«

»Du bist überempfindlich, John!« T. X. klopfte Lexman auf die Schulter. »Berichte mir alles, was dich bedrückt. Ich will gern, soweit es in meiner Macht steht, helfen. Weißt du etwas, das zur Aufklärung des geheimnisvollen Mordes beitragen könnte?«

Lexman starrte, mit einem besorgten Ausdruck in den Augen, ins Weite.

»Du weißt, daß ich alles für dich tun würde – du hast dich Grace gegenüber wirklich als Freund gezeigt. Ich kann dir trotzdem nicht helfen. Ich haßte Kara – doch sogar jetzt, nachdem der Mann unschädlich gemacht worden ist, hat sich diese Empfindung auch nicht um ein Jota verringert. Glaube mir, Kara war das gemeinste Geschöpf, das je auf Gottes Erdboden lebte. Sein Ende mag schrecklich gewesen sein, für ihn aber war es immer noch viel zu barmherzig!«

Die Leidenschaft, die in dieser unverhohlenen Erklärung lag, versetzte Meredith in Unruhe und Ratlosigkeit. Er schwieg. Nie hatte er einen Menschen so haßerfüllt gesehen, wie es Lexman in diesem Augenblick war.

Der Schriftsteller starrte zum Fenster hinaus.

»Entschuldige, T. X.«, sagte er nach einer Weile mit etwas sanfterer Stimme. »Du hast mich an meiner empfindlichsten Stelle getroffen. Eines Tages wirst du erfahren, was mir der Mensch angetan hat, jetzt aber wollen wir ein anderes Thema anschlagen!«

»Kennst du eigentlich Gathercole, John?« fragte Meredith.

Lexman nickte.

»Ich erinnere mich an ihn – wir haben schon früher einmal über ihn gesprochen. Ein komischer Mensch.«

»Ihn zu finden habe ich mir als nächstes Ziel gesetzt.«

»Ihn? Warum?«

»Weil er Kara als letzter lebend gesehen haben muß.«

»Hast du ihn im Verdacht, der Täter zu sein?«

»Nein. Er kann nicht gut der Mörder sein, weil zum Begehen der Tat zwei gesunde Hände erforderlich waren, und Gathercole nur einen Arm hat. Ich will von ihm wissen, worüber sie sich bei dieser letzten Zusammenkunft unterhalten haben, und er soll mir auch sagen, ob Kara allein im Schlafzimmer war.«

»Hm, hm!«

»Aber das alles wird mir nicht weiterhelfen, wenn ich nicht herausbekomme, wie der Täter aus dem Schlafzimmer entkommen konnte. Durch die Türfüllung greifen, um den Riegel vorzulegen ... Na ja, in einer Gespenstergeschichte würde man sich so was noch gefallen lassen. Übrigens – du hättest aus dieser Sache einen wundervollen Roman zusammenbasteln können, John! Auf welchem Weg hättest du ›deinen‹ Mörder nach der Tat aus dem Schlafzimmer entkommen lassen?«

Lexman lächelte.

»Den Tresor hast du wohl genau untersucht, wie?«

»Ja.«

»Hast du etwas Besonderes gefunden?«

T. X. blickte erstaunt auf.

»Was man eben in Panzerschränken zu finden erwartet. Warum fragst du?«

»Ich vermutete einen Augenblick, daß der Tresor zwei Türen, eine sichtbare und eine verborgene, haben könnte.«

»Daran habe ich bei der Untersuchung auch gedacht.«

Lexman lehnte sich, mit einem Löffel spielend, in seinem Stuhl zurück.

»Natürlich braucht man in einem Roman nicht nur mit glaubhaften Möglichkeiten zu arbeiten. Ich hätte als Autor in meiner Handlung ganz gut einen Schrank mit doppelten Türen verwenden können, durch den der Verbrecher hätte entkommen können, etwa mittels einer Strickleiter die Hauswand hinunter.«

»Die Idee ist gut«, lobte T. X., »kommt aber in diesem Fall nicht in Betracht. Nun, hast du noch andere Ideen?«

»Falltüren sind zu abgenutzt«, erwiderte Lexman. »Paneele, die sich durch einen Federdruck öffnen und verborgene Türen freigeben, sind gleichfalls zu banal. In meinen schriftstellerischen Anfängen spielte ich noch gern mit diesen geheimnisvollen Dingen. Seit ich aber die Erfahrung gemacht habe, daß man einen Baumeister nicht einmal dazu bewegen kann, einen Erker in ein Wohnzimmer zu bauen, seitdem bin ich von dem Gedanken, ihn zu einer verborgenen Nische verleiten zu können, abgekommen. Stell dir einmal vor, was ein Architekt dazu sagen würde, wenn ich ihn bäte, ein Haus mit doppelten Wänden und verborgenen Räumen zu bauen! – Bliebe also noch die Möglichkeit zu prüfen, ob man den Riegel von außen mit einem starken Magneten heben kann . . .«

»Diese Möglichkeit habe ich gleichfalls in Betracht gezogen«, unterbrach Meredith, »und sie auch ausprobiert. Sobald der Riegel eingeschnappt ist, kann man ihn erst wieder lösen, wenn man einen Knopf, der ihn einklemmt, zurückdrückt. Versuch es mit einer anderen Erklärung, John!«

»Welch ein Unsinn, sich den Kopf zu zerbrechen, nur damit du Karas Mörder findest! Der Mann verdient zu entkommen, aber ich will gleichwohl versuchen, dir bei der Lösung des Rätsels behilflich zu sein. Vielleicht erreiche ich aber damit nur, dich auf eine falsche Fährte zu lenken. Ich warne dich, T. X.! Es gibt auf der ganzen Welt keinen zweiten Menschen, der sich über die Ermordung Karas so freut wie ich. – Hast du den Kamin untersucht?«

»Er kommt gar nicht in Frage, weil zur Zeit der Tat ein starkes Feuer darin brannte. Es war, als wir ankamen, so heiß im Zimmer, daß ich sofort das Fenster öffnen ließ.«

»Ja, ich weiß«, sagte Lexman, »Kara liebte Hitze. Hast du selbst denn keine Erklärung, wie der Mörder entkommen sein könnte?«

»Keine, die einleuchtend wäre. Kara hat, als der Mörder kam, auf dem Bett gelegen und gelesen. Als er die Gefahr erkannte, muß er nach dem Apparat, der direkt mit Scotland Yard verbindet, gegriffen haben. Es war aber schon zu spät, denn in diesem Augenblick, als er den Hörer aufnehmen wollte, traf ihn der tödliche Stoß.«

»So wird es wohl gewesen sein –«, stimmte Lexman den Vermutungen des Freundes in so gedankenverlorenem Ton zu, daß es Meredith unwillkürlich auffiel. »Hast du die Mordwaffe gefunden?«

T. X. schüttelte den Kopf.

»Und du hast überhaupt nichts im Zimmer bemerkt, das dir einen Fingerzeig gegeben hat?«

»Ich fand zwei Kerzen«, antwortete T. X. nach kurzem Zögern. »Eine lag in der Mitte des Zimmers, die andere unter dem Bett. Die erste war eine gewöhnliche Christbaumkerze, unten zugespitzt. Das Spitzen muß im Zimmer selbst vorgenommen worden sein, denn wir fanden die Wachsspäne auf dem Fußboden verstreut. Auch im Kamin entdeckten wir geschmolzene Wachsstückchen.«

»Nun, und –?«

»Die kleinere Kerze war außerdem so gebogen, daß sie mehr an einen Korkenzieher erinnerte.«

»Das Geheimnis der gebogenen Kerze!« murmelte Lexman vor sich hin. »Wäre das nicht ein herrlicher Titel für einen Kriminalroman? Ich weiß, wie sehr Kara den Anblick von Kerzen verabscheute.«

»Er haßte Kerzen? Warum denn?« fragte Meredith überrascht.

»Nun, in Albanien, seinem Heimatland, spielen Kerzen eine große Rolle – und zwar nicht nur als Lichtspender! Man verwendet sie dort mit Vorliebe zur Folterung Gefangener, und die Albanier haben eine rege Phantasie, wenn es um Erfindung immer neuer Foltermethoden, bei denen Kerzen eine Rolle spielen, geht. Kara wandte diese Methoden bedenkenlos bei seinen Feinden an, doch einmal mußte er selbst das Vergnügen kennenlernen, das man empfindet, wenn man festgebunden auf einem Stuhl sitzt, während der Docht einer Kerze, die in einem Fäßchen mit Schießpulver steckt, immer tiefer herunterbrennt. Seither konnte er keine Kerzen mehr sehen.«

Die Unterhaltung wurde durch einen Kellner unterbrochen, der T. X. einen Eilbrief überreichte. Ein Bote von Merediths Abteilung hatte ihn soeben abgegeben.

Das Schreiben lautete:

›Lieber Mr. Meredith,

in Beantwortung Ihrer Anfrage teile ich Ihnen mit, daß meine Tochter in London ist. Ich habe dies jedoch erst heute morgen erfahren. Meine Bank benachrichtigte mich, daß meine Tochter dort vorgesprochen und einen größeren Betrag von ihrem Privatkonto abgehoben habe. Wohin sie sich gewandt, und was sie mit dem Geld machen will, weiß ich nicht. Ich brauche wohl kaum zu betonen, daß ich mir über mein Kind große Sorgen mache und mich freuen würde, wenn Sie mir bald einige Erklärungen zu geben vermöchten.

William Bartholomew‹

»Ich wollte, ich hätte so viel Verstand besessen, diesen Besuch bei der Bank vorauszusehen«, seufzte Meredith. »Ich hätte das Mädchen bestimmt dort getroffen. Diese Sache kostet mich noch meine Stellung.«

Lexman blickte seinen Freund besorgt an.

»Meinst du das im Ernst?«

»Ach, Unsinn, mach dir keine Sorgen – aber um meinen Ruf geht es trotzdem. Der Chef wollte schon die Ermittlungen einem anderen übergeben, weil derartige Fälle angeblich nicht in mein Ressort gehörten. Aber – fahre mit deiner Kerzentheorie fort!«

»Ich erinnere mich nicht, eine Theorie entwickelt zu haben«, widersprach Lexman und faltete seine Serviette zusammen. »Ich wollte dir nur eine mögliche Erklärung für die gefundenen Kerzenreste geben. Allen Anschein nach handelt es sich um einen Mord nach albanischen Methoden. Ich behaupte das zwar nicht, sondern deute nur auf die bestehende Möglichkeit hin.«

T. X. mußte sich mit dieser Erklärung zufriedengeben, und die beiden Herren brachen auf.

Wie Meredith ganz richtig angedeutet hatte, gehörte die Ermittlung in Mordfällen eigentlich nicht zu den Obliegenheiten der von ihm geleiteten Kriminalabteilung. Einiges Kopfzerbrechen bereitete die Einhändigung der Lady Bartholomew gehörenden, bei Kara gefundenen Schnupftabakdose, was nur auf ganz diskrete Art bewerkstelligt werden konnte. Die Briefe, die man in Karas Tresor gefunden und an das Foreign Office gesandt hatte, zeigten, wie sehr er aus den Spielverlusten der hohen Dame Nutzen gezogen hate. Die Art und Weise, wie er die Ministersgattin aufgrund der verpfändeten Dose bedrängte, grenzte an Erpressung. Die Absicht Karas war offensichtlich die, sich den Minister durch dessen Gattin gefügig zu machen.

Die Woche verging. Die Nachforschungen des Chefinspektors blieben erfolglos. Weder konnte Gathercole ausfindig noch Fisher dingfest gemacht werden. Die Ermittlungen drohten im Sande zu verlaufen. Inzwischen hatte Meredith von Lexman die Nachricht erhalten, daß er beabsichtige, England ganz zu verlassen, um in Amerika eine passende Stellung anzunehmen.

T. X. war entschlossen, in die langwierige Sache etwas Leben zu bringen. Da er jedoch mit seinen Methoden oft anstieß und in Schwierigkeiten geriet, wollte er sich in einigen Punkten der Rükkendeckung des Ministers und des Präsidenten versichern. Er suchte den ersteren auf und machte ihm seine Absichten klar.

»Ja –«, sagte Sir William Bartholomew, »meinen Segen haben Sie. Was nun meine Tochter betrifft, so kann ich Ihnen mitteilen, daß ich von ihr Nachrichten habe. Ich verstehe nicht, was sie mit ihrer Geheimnistuerei bezweckt. Sie hat mich in eine unangenehme Lage gebracht. Mir ist die Sache außerordentlich peinlich, ich möchte aber das Vertrauen, das das Mädchen in meine Diskretion gesetzt hat, nicht mißbrauchen.«

»Würden Sie mir wenigstens den Brief oder das Telegramm, das Sie von Ihrer Tochter erhalten haben, zeigen?«

»Auch das kann ich, so leid es mir tut, nicht verantworten. Sie hat mich ausdrücklich um strenge Diskretion ersucht, und ich möchte das Kind nicht enttäuschen. Ich habe meiner Frau geschrieben und sie gebeten, nach London zurückzukehren. Ich bin von diesen dauernden Aufregungen ganz krank.«

»Die Adresse Ihrer Tochter könnte ich also ebenfalls nicht erfahren?«

»Ich kenne sie gar nicht.«

Am Nachmittag befahl T. X. seinem Sekretär, ihm bis morgen aus sämtlichen Zeitungen der letzten Tage die Inseratenseiten herauszusuchen.

Als er am anderen Morgen in sein Amtszimmer kam und die bereitliegenden Zeitungen aufmerksam durchsah, fand er schon nach wenigen Minuten die Anzeige, auf die es ihm ankam:

›B. M. Du bringst mich in Verlegenheit. Sehr unbedacht. Das für Mutter bestimmte Päckchen erhalten und in ihr Zimmer gelegt. Warum willst du, daß ich zum Wochenende verreise und Dienerschaft beurlaube? Erfülle gleichwohl deinen Wunsch, verlange aber Aufklärung. Die Sache ist weit genug gegangen.

Vater‹

»Endlich eine Gelegenheit, mich zu betätigen!« murmelte Meredith vor sich hin, nachdem er das Inserat gelesen hatte.

19

Der Abend des 17. Februar war, im Gegensatz zu den um diese Jahreszeit üblichen Stürmen, Frösten und Schneefällen, windstill und nur leicht dunstig. Ab und zu hüllte ein Nebelschleier von durchsichtigem Grau die Wohnhäuser des Portland Place ein, um sie gleich wieder freizugeben.

Vor dem Haus Sir William Bartholomews hielt an diesem Abend gegen elf Uhr ein Taxi. Der Fahrgast, eine junge Dame, zögerte einen Augenblick, ehe sie den Wagen verließ. Sie gab dem Chauffeur einige Weisungen und lief die wenigen Stufen bis zur Haustür hinauf. Mit dem bereitgehaltenen Schlüssel öffnete sie rasch die Tür und schlüpfte ins Haus.

Nun stieg Miss Belinda Maria Bartholomew langsam in den zweiten Stock hinauf. Mit vergnügtem Lächeln beglückwünschte sie sich zum Erfolg ihres Planes. Nur ein Zweifel blieb noch – würde das Ankleidezimmer der Mutter unverschlossen sein? Aber Jack, ein alter Diener, vergaß sowieso regelmäßig die Türen zu verschließen und würde wohl auch diesmal nicht darauf geachtet haben.

Erleichtert atmete das Mädchen auf, als sich die Tür zum Zimmer ihrer Mutter ohne weiteres öffnen ließ. Die Vorhänge waren zugezogen, so daß man vor neugierigen Blicken geschützt war. Die Briefe auf dem Schreibtisch schob Belinda Maria beiseite, aber das kleine Päckchen, das sie suchte, war nirgends zu sehen. Vielleicht hatte der Vater es in eines der Fächer eingeschlossen.

Ratlos stand Miss Bartholomew neben dem Schreibtisch und schaute im Zimmer umher.

»Gott sei Dank!« rief sie plötzlich, denn auf dem Kaminsims hatte sie das Gesuchte entdeckt. Ungeduldig riß sie Faden und Hülle ab, und ihre Augen leuchteten auf, als sie das rote Etui erblickte. Mit einem tiefen Seufzer der Erleichterung legte sie die Dose auf die Schreibtischplatte und wiederholte leise: »Gott sei Dank!«

»Vor allem aber mir!« meldete sich eine Stimme.

Mit einem Schreckensschrei fuhr das Mädchen zusammen, und T. X. trat hinter dem Fenstervorhang hervor, der ihn bis jetzt verborgen hatte.

»Mr. Meredith?« stotterte sie. »Wieso – woher wußten Sie, daß ich hierherkommen wollte?«

»Es ist nichts so fein gesponnen ...« zitierte er lachend.

Sie lächelte ein wenig, wurde aber gleich wieder ernst.

»Wer hat Sie hergeschickt? Mr. Kara?«

»Wer mich ...« begann er verwundert.

»Er hat mir gedroht, mich verhaften zu lassen«, sagte sie hastig. »Soll er es tun! Vor der Polizei habe ich lange nicht solche Angst wie vor ihm. Sie wissen doch sicher, warum ich die Stelle als Sekretärin bei ihm antrat, nicht wahr? Nur um das Eigentum meiner Mutter wiederzubekommen, tat ich es.« Sie zeigte auf die Dose. »Er ertappte mich, als ich sie ihm stehlen wollte, und beschuldigte mich, eine Spionin der Polizei zu sein. Dann sperrte er mich in den Keller. Wie ein Viech hat er sich mir gegenüber benommen.«

»Nun, und?«

»Weiter nichts!« sagte Belinda Maria mit zusammengepreßten Lippen. »Was wollen Sie jetzt mit mir anfangen?-

»Ich möchte Ihnen einige Fragen stellen. Haben Sie, seit Sie von Kara weg sind, wieder etwas von ihm gehört?«

»Ich werde mich hüten, ihm nochmals zu nahe zu kommen.«

»Aber die Zeitungen haben Sie doch wohl gelesen?«

»Nur den Inseratenteil. Ich hatte Papa telegrafiert und ihn gebeten, mir durch die Zeitung zu antworten.«

»Stimmt – und deshalb bin ich ja hier.«

»Ich hatte etwas Ähnliches befürchtet! Vater ist, wenn er einmal in Fahrt ist, nicht mehr aufzuhalten. Er schwingt Reden, wann immer es ihn ankommt. Ich bat ihn, nur mit ›Ja‹ oder ›Nein‹ zu antworten. Warum fragten Sie, ob ich die Zeitungen gelesen hätte? Ist Mutter krank?«

»Nein, soviel ich weiß, nicht. Lady Bartholomew ist wohlauf und befindet sich bereits auf der Heimreise.«

»Warum also die Frage? Stand etwas in der Zeitung, das mich interessieren könnte?«

»Ja, ein Artikel über Kara.«

Sie zuckte verächtlich die Schultern.

»Was geht er mich an?«

»Er ist ermordet worden. Am gleichen Abend, als Sie vom Cadogan Square verschwanden.«

»Ermordet?«

»Erstochen! Der Täter ist unerkannt entkommen.«

Meredith zog ein Päckchen aus seiner Rocktasche und begann es auszuwickeln. Das Mädchen beobachtete ihn mit immer größerer Spannung und einem leisen Gefühl nahenden Unheils. Endlich lag der Inhalt – eine Schere – offen auf dem Tisch. Der Griff war mit einem blutigen Taschentuch umwickelt, und die Schere selbst war voll von eingetrocknetem Blut.

Belinda Maria trat erschrocken einen Schritt zurück.

»Wie kommen Sie zu meiner Schere?« fragte sie entsetzt. »Sie glauben doch nicht etwa, daß ich . . .«

»Nein!« wehrte er lächelnd ab. »Natürlich nicht – hätte aber ein anderer dieses blutige Instrument gefunden und es als Ihr Eigentum erkannt, dann allerdings weiß ich nicht . . .«

»Ich – ich – habe etwas getötet . . .« gab sie stotternd zu. »Einen Hund! Eine furchtbare Bestie! Er sprang mich an, und ich stieß mit der einzigen Waffe, die ich bei mir hatte, zu – eben mit dieser Schere hier. Woher ich den Mut dazu hatte, kann ich mir jetzt noch nicht erklären. Wie erleichtert war ich, als er tot umfiel . . .«

»So ungefähr hatte ich mir den Hergang auch gedacht«, erwiderte Meredith. »Den totenHund habe ich gefunden. Sie trafen genau die Halsschlagader. Wie kam es, daß ich Sie nicht mehr im Keller vorfand?«

Ein kurzes Zögern, und als sie antwortete, hatte T. X. das Gefühl, daß sie ihm etwas verheimliche.

»Ich war noch dort – wahrscheinlich haben Sie mich nur nicht gefunden, als Sie den Keller durchsuchten. Auch ich hörte nichts von Ihnen.«

»Und wie sind Sie aus dem Keller herausgekommen?«

»Und Sie?« fragte sie naiv.

»Ich verließ den Keller durch die dazu bestimmte Tür. Ich bedaure, Ihnen kein dramatischeres Geständnis machen zu können, aber die Tür war die einzige Möglichkeit, die ich entdecken konnte.«

»Nun, auch ich bin durch die Tür ins Freie gelangt«, erklärte Belinda Maria und fing plötzlich zu kichern an. »Nun erst verstehe ich alles – ich war im Keller, und als ich Ihren Schlüssel sich im Schloß drehen hörte, lief ich, so rasch mich meine Füße trugen, ins

Untergeschoß. In der Eile vergaß ich, meine Schere mitzunehmen. Natürlich war ich der Meinung, es sei Kara, der mich suche. Als es wieder ruhig geworden war, schlich ich mich nach oben, bemerkte, daß die Kellertür offengeblieben war – dann . . .« Wieder zögerte sie, und T. X. wurde das Gefühl nicht los, daß sie etwas verschweige. »Sie haben also nichts von meiner Flucht bemerkt? Ich lief, so schnell ich konnte, durch die Küche auf den Hof und von dort auf die Straße, wo ich mir ein Taxi nahm. Mehr kann ich nicht berichten.«

»So? Das ist also alles?«

»Ja. Und was werden Sie jetzt mit mir anfangen?« wollte sie wissen.

T. X. betrachtete angelegentlich die reichverzierte Zimmerdecke.

»Eigentlich müßte ich Sie ja als ›hinreichend verdächtig‹ festnehmen. Doch will ich diesmal ein Auge zudrücken. Nur eines möchte ich noch von Ihnen wissen: Wen haben Sie unten im zweiten Keller in dem Raum, wo das Feldbett steht, angetroffen?«

»Ein Bett im zweiten Keller?« wiederholte sie, als wüßte sie nicht, was er meinte. Dann schien ihr aber ein Licht aufzugehen. »Ich habe natürlich dort unten geschlafen! Nun also, nachdem auch diese Frage geklärt wäre – was wollen Sie mit mir anfangen?« Langsam begann sie ihre Sicherheit zurückzugewinnen. »Vielleicht wäre es doch besser, wenn Sie mich verhafteten!« neckte sie ihn, vermied es aber, seinem Blick zu begegnen.

»Seien Sie kein Frosch!« antwortete er barsch.

»Sie sind ein – ganz unhöflicher Mensch, Sir!«

Empört wandte sie sich ab.

»So?«

»Bisher war mir diese Ihre Eigenschaft nur vom Hörensagen bekannt. Nun aber kann ich sie selbst bestätigen. Es ist ja nicht das erste Mal, daß Sie sich mir gegenüber so abfällig äußern. Erinnern Sie sich noch der Kritik, die Sie, ganz unberufenermaßen, an meinen beiden Vornamen übten?«

»Ich wüßte nicht, wann ich eine solche Kritik geübt hätte«, verteidigte er sich schmunzelnd. »Ich habe einzig und allein meinem Erstaunen über derartige Namen Ausdruck gegeben.«

»Nun, als merkwürdig haben Sie sie jedenfalls bezeichnet«, beharrte sie.

»Das bedeutet aber noch lange nicht, daß ich sie lächerlich finde. Man kann auch Dinge, die merkwürdig anmuten, mit Ehrfurcht betrachten. Ein Alpdruck zum Beispiel ist eine merkwürdige Sache. Lächerlich aber wird ihn kaum jemand finden.«

»Sie sind ja ein feiner Kavalier! Sollte das vielleicht ein Kompliment sein? Wie reizend, meine Vornamen mit einem Alpdruck zu vergleichen!«

»Sie drehen einem das Wort im Mund um – typisch weiblich! Ich bin weit davon entfernt, Ihren Namen im geringsten komisch zu finden, im Gegenteil – ich finde, daß Belinda Anna . . .«

»So heiße ich ja gar nicht –«, unterbrach sie, »Belinda Maria!«

»Wie schön das klingt – so schmelzend . . .«

»Sie sind ein großer Schwindler! Aber es nützt Ihnen nichts, Mr. Sherlock Holmes! Was meine Vornamen betrifft – zufällig bin ich der gleichen Meinung wie Sie. Die Ihre interessiert mich jedoch nicht im geringsten. Ich wurde übrigens nach einer Tante benannt, die so hieß. Dagegen läßt sich nichts machen.«

»Im Vergleich zu mir sind Sie aber doch im Vorteil. Ich wurde nämlich nach einem Hund meines Vaters benannt!«

»So? Wie heißen Sie denn? Was bedeuten die Buchstaben T. X.?«

»Thomas Xaverius.«

Ihr herzliches Lachen hallte in dem großen Zimmer wider.

»Ja, sicher, es ist zum Lachen«, gab er zu.

»Entschuldigen Sie, Mr. Meredith«, bat sie, immer noch gegen ihre Heiterkeit ankämpfend. »Tommy Xaver? Wie nett!« Sie warf einen Blick auf ihre Armbanduhr. »Jetzt muß ich aber gehen – wenn Sie mich verhaften wollen, beeilen Sie sich bitte ein wenig!«

»Sie können gehen«, sagte er, »aber ich werde Sie nach Hause begleiten.«

»Nein! Ich verbiete es Ihnen!«

Ihre Stimme klang so energisch, daß er keinen Einspruch wagte. Sie streckte ihm die Hand hin.

»Aber zum Wagen begleite ich Sie«, versuchte er, einen Kompromiß auszuhandeln.

»Damit Sie ja aufpassen können, wenn ich dem Chauffeur die Adresse sage!«

Er sah sie mit gemacht strengem Blick an.

»Sie haben also kein Vertrauen zu mir?«

»Nein, nicht das geringste.«

»An den Wagen bringe ich Sie trotzdem! Ich werde aber nicht hinhören, wenn Sie dem Fahrer Ihre Adresse ins Ohr flüstern.«

»Und werden Sie mir auch nicht zu folgen versuchen?«

»Ich verspreche es Ihnen. Eine Bedingung muß ich allerdings noch stellen, bevor ich Sie laufenlasse.«

»Ich lasse mir keine Bedingungen stellen!«

»Nur langsam, Belinda Maria. Scherz beiseite – seien Sie vernünftig! Ich verlange nur, daß Sie mich, wenn Sie mich brauchen, sofort benachrichtigen. Wirklich, Belinda Maria, das müssen Sie mir versprechen.«

»Mein Name ist Miss Bartholomew –«, wies sie ihn zurecht.

»Hier ist meine Telefonnummer – rufen Sie mich im Notfall sofort an. Wenn es mir irgend möglich ist, werde ich Ihnen helfen.«

Noch einen Augenblick zögerte sie, dann schlug sie in seine Hand ein.

»Gut, ich will es Ihnen versprechen.«

»Besten Dank, Belinda Maria!« sagte er unbeirrt und führte sie auf die Straße. »Gute Nacht!«

Er hielt ihr die Hand hin.

»Das ist nun das drittemal, daß wir uns ›Gute Nacht‹ sagen«, stellte Miss Bartholomew fest.

»Verderben Sie mir doch durch Ihre unpassenden Bemerkungen meine glückliche Stimmung nicht«, bat er. »Und denken Sie an Ihr Versprechen!«

»Ich werde es halten.«

»Eines Tages teilen Sie mir vielleicht auch mit, was Sie in jenem Keller fanden?«

»Ich habe Ihnen alles gesagt«, beteuerte sie leise.

»Nein, mein Kind, das haben Sie nicht.«

Der Wagen war schon angefahren, als sie sich nochmals aus dem Fenster beugte und ihm zuwinkte.

T. X. stand noch lange da und starrte so verträumt, wie es sich für einen ernsthaften Polizeibeamten eigentlich nicht gehört, vor sich hin.

Das Haus am Cadogan Square war von der Polizei noch nicht freigegeben worden. Meredith suchte häufig das Mordzimmer auf und versuchte, aufgrund der Untersuchungsergebnisse die Tat zu rekonstruieren. Man brachte die Zimmertemperatur auf den gleichen Hitzegrad, der am Mordabend geherrscht haben dürfte. Mit der Stoppuhr in der Hand stellte T. X. allerhand Zeitberechnungen an. Dreimal schritt er in Begleitung von Inspektor Mansus den Weg zum Cadogan Square ab, und jedesmal kehrte er unruhiger in sein Büro zurück.

Lexman hatte die beabsichtigte Reise nach New York um einige Wochen verschoben und die Zeit auf dem Lande verbracht. Nach seiner Rückkehr in die Hauptstadt trafen sich die beiden Freunde.

»Dieser Fall macht mir Sorgen, John«, gestand T. X., »mehr als ich mir anmerken lasse. Gott sei Dank geht es mir nicht allein so. De Mainau ist von Paris gekommen, um der Sache, die ihn höchst interessiert, auf den Grund zu gehen. O'Grady, der New Yorker Kriminalchef, hat extra seine Erholungsreise unterbrochen, um diesen Mordfall an Ort und Stelle zu studieren. Keiner von beiden konnte uns der Lösung näherbringen. Theorien zu Dutzenden, Erklärungen keine. Gathercole ist immer noch spurlos verschwunden. Nicht einmal den Diener haben wir ausfindig machen können.«

»Aber das dürfte doch nicht so schwierig sein!« meinte Lexman.

»Warum hält sich dieser Gathercole verborgen?« fragte Meredith ärgerlich. »Er hat doch gar keinen Grund dazu. Fisher will gehört haben, wie er sich an der Schlafzimmertür von Kara verabschiedete. Er soll einen Scheck erwähnt haben, den er offenbar bei jener Besprechung erhalten hat. Dieser Scheck ist jedoch bis jetzt nicht vorgelegt und eingelöst worden. Gathercole muß also, ohne ihn zu Geld gemacht zu haben, abgereist sein. Wir haben Karas Bücher eingehend geprüft. Außer dem Vorschuß bei Antritt der Reise ist keine weitere Zahlung an den Forscher geleistet worden. Nun, begreifst du jetzt mein Dilemma? Für morgen bin ich zum Minister geladen – vermutlich habe ich einen Rüffel zu gewärtigen.«

Die Lexman gegenüber erwähnte Unterredung mit dem Minister verlief angenehmer, als Meredith erwartet hatte.

»Ich habe Sie rufen lassen«, begann Seine Exzellenz, »um Ihren Bericht über den Fall Kara zu hören. Die vorgefundenen Papiere hat man inzwischen entziffert. Einiges war in offener Sprache, das meiste aber verschlüsselt geschrieben.« Der Minister schwieg einen Augenblick. »Sie dürfen sich natürlich von dem, was ich Ihnen jetzt mitteile, in Ihren Ermittlungen nicht beeinflussen lassen, Mr. Meredith. Ich nehme aber an, daß der Mörder, wenn Sie seiner habhaft werden, allerlei zu seiner Verteidigung wird anführen können.«

»Daran zweifle ich keinen Moment!« pflichtete T. X. aus tiefster Überzeugung bei.

»In meiner langen Laufbahn als Anwalt«, führte der Minister weiter aus, »habe ich noch nie eine solche Häufung von Gemeinheit und Niederträchtigkeit bei einem einzigen Menschen gefunden wie bei diesem Kara.« Er führte einige Beispiele an, um zu zeigen, warum er zu dieser Meinung gelangt war. »Der Mann muß wahnsinnig gewesen sein – der reine Sadist, der die Grausamkeit um ihrer selbst willen liebte. Lebte er noch, das heißt, hätten wir die gefundenen Papiere zu seinen Lebzeiten einsehen können, würden wir ihn gehängt haben. Sogar in diesem Land konnte er seinen Blutdurst nicht zügeln, auch hier hat er einen Mord begangen.«

Fragend blickte Meredith Seine Exzellenz an.

»Erinnern Sie sich seines Chauffeurs? Er hieß, glaube ich, Poropulos und wurde angeblich nach der Ermordung Vassalaros nach Griechenland zurückgerufen.« Als Meredith nickte, fuhr der Minister fort: »Das war eine von Kara erfundene Legende. Suchen Sie in seiner früheren Wohnung in Portsmouth Road, dort werden Sie die sterblichen Überreste des Mannes finden. Er wurde in jener gleichen Nacht noch von Kara ermordet. Er war aber nur eines der vielen Opfer dieses Scheusals. Die Finger beider Hände reichen nicht aus, um die Zahl der Menschen zu bestimmen, die er in Albanien auf dem Gewissen hat. Ganze Ortschaften ließ er niederbrennen und die Bewohner umbringen. Seine Gesellen waren zu jeder Schandtat bereit, um ihrem Herrn einige vergnügte Augenblicke zu bereiten. Kara lebte deshalb in ewiger Furcht, daß ihn eines Tages der Dolch eines Meuchelmörders treffen würde. In jedem Diener vermutete er einen Spion. Bei Poropulos mag er damit nicht so unrecht gehabt haben, denn tatsächlich war der angebliche Chauffeur

Agent einer europäischen Regierung. Wohlverstanden, Mr. Meredith, ich sage Ihnen das nicht, damit Sie in Ihren Bemühungen zur Aufdeckung des Mordes nachlassen. Kara ist ermordet worden, und diese Tat darf nicht ungesühnt bleiben. Vielleicht aber erfahren wir, wenn wir den Mörder haben, was ihn zu seiner Tat getrieben hat.«

Über eine Stunde brachte T. X. nach Beendigung dieser Unterredung mit der Lektüre von Karas hinterlassenen Papieren zu. Als er sich endlich auf den Heimweg machte, zitterte noch immer die Empörung über die Schandtaten des Ermordeten in ihm nach. Der Mann mußte wirklich wahnsinnig gewesen sein – derartiger Grausamkeiten konnte kein normaler Mensch fähig sein.

Während sich Meredith in seiner Wohnung umkleidete, klingelte das Telefon. Eine Frauenstimme meldete sich. Belinda Maria – er erkannte ihre Stimme sofort.

»Mr. Meredith – endlich! Ich versuchte Sie schon vorher zu erreichen. Könnten Sie ganz schnell – bis um acht Uhr – an den Marble Arch kommen?«

»Selbstverständlich, Belinda!« rief T. X. aufgeregt. »Was ist –?«

Doch da war die Verbindung schon unterbrochen.

Ein hastiger Blick auf die Uhr. Fünf Minuten fehlten noch. Zwei Minuten brauchte er, um sich fertig anzukleiden, die Treppe hinunterzurasen und auf die Straße zu gelangen. Auf der Fahrt zum Treffpunkt schienen sich alle Verkehrspolizisten gegen ihn verschworen zu haben, denn überall traf er auf gebieterische Haltzeichen. Das Taxi hielt noch kaum, als der ungeduldige Fahrgast heraussprang und dem Chauffeur das Geld in die Hand drückte. Von weitem schon sah er Miss Bartholomew auf sich zukommen. Sie gab ihm ein Zeichen, ihr zu folgen. Auf der Bayswater Road holte er sie ein.

»Ich glaube, man ist mir gefolgt«, flüsterte sie ihm zu. »Bitte, rufen Sie einen Wagen.«

Erst als sie dem Finsbury Park zufuhren, begann sie ihr Herz auszuschütten.

»Ich habe Sorgen, Mr. Meredith, und weiß nicht, an wen ich mich wenden könnte.«

»Brauchen Sie Geld?«

»Geld? Nein, ich habe, was ich brauche. Hier ist ein Brief – lesen Sie ihn, dann wissen Sie, was ich meine.«

Sie nahm einen Bogen Papier aus ihrem Handtäschchen, und T. X. las schnell die wenigen Zeilen. Es war ein gewöhnlicher Erpresserbrief, voll von offenbar absichtlich eingestreuten orthographischen Fehlern. Verlangt wurden dreißig Pfund, und die Briefempfängerin sollte das Geld vor das Parterrefenster ihres Schlafzimmers legen.

»Wann ist Ihnen dieser Wisch zugeflattert?« fragte Meredith.

»Heute nachmittag. Kurz darauf rief ich Sie an. Ich wußte, Sie würden mich nicht im Stich lassen.«

Dieses Vertrauen in seine Hilfe berührte ihn sehr wohltuend.

»So, das wußten Sie also«, stellte er fest. »Nun, es wird nicht allzu schwierig sein, Sie aus dieser Zwickmühle zu befreien. Wo wohnen Sie eigentlich? Das muß ich schon wissen, denn wenn der liebenswürdige Briefschreiber das Geld abholen kommt . . .«

»Ich kann Ihnen meine Adresse trotzdem nicht geben«, sagte sie. »Glauben Sie nicht, daß ich Ihre Hilfsbereitschaft nicht anerkenne. Nein, das ist es nicht. Auch verrückt bin ich nicht. An Ihrem Blick sehe ich, daß Sie es vermuten.«

»Wie dürfte ich mich zu solch respektlosen Vermutungen versteigen?«

»Es wäre ja nicht das erstemal, daß Sie derartige Gedanken hegten – aber, Scherz beiseite: Meine Adresse kann ich Ihnen vorläufig nicht anvertrauen. Sie werden sich wohl denken können, daß ich triftige Gründe habe, sie vorerst noch für mich zu behalten. Nicht an mich denke ich dabei, sondern an jemand, dessen Leben von meiner Verschwiegenheit abhängt.« An der Spannung, die sich in seiner Miene ausdrückte, merkte sie, daß sie mit ihrer dramatischen Erklärung erst recht Öl ins Feuer seiner Neugierde gegossen hatte. Sie beeilte sich deshalb, ihre Worte abzuschwächen. »Sie dürfen das, was ich gesagt habe, nicht wörtlich nehmen. Ich habe eben jemand, für den ich sorgen muß.«

»So also verhält es sich!« erwiderte er betreten. Sie hatte für jemand zu sorgen! »Wie heißt denn der Glückliche, dem Sie Ihre Fürsorge widmen?«

»Das kann ich Ihnen nicht verraten!«

Er brauchte eine Weile, um diese Antwort zu verdauen.

»Es ist nicht so, wie Sie vermuten –«, unterbrach sie sein Schweigen.

Er warf ihr einen leuchtenden Blick zu. Seine Hoffnung hatte schon fast ihren vorherigen Stand wieder erreicht, als sie ihn von neuem in den Abgrund zurückstieß.

»Eine Heirat kommt für mich überhaupt nicht in Frage«, erklärte sie kategorisch, ohne zu bedenken, daß er davon kein Wort hatte fallenlassen.

»Ich habe daran gar nicht gezweifelt«, erwiderte er.

»Doch, das haben Sie.«

»Gut, lassen wir das vorläufig auf sich beruhen. Doch wie soll ich Ihnen nun eigentlich aus der Patsche helfen?«

»Ich brauche Ihren Rat. Würden Sie mir empfehlen, das Geld hinzulegen, wo der Erpresser es haben will?«

»Bestimmt nicht. Sie würden sich damit der Unterstützung einer strafbaren Handlung schuldig machen. Außerdem würden Sie den Kerl in Zukunft überhaupt nicht mehr los. Wenn er so mühelos dreißig Pfund bekommen kann, warum sollte er dann nicht versuchen, auch mehr herauszuholen? Warum, um Himmels willen, kehren Sie nicht nach Hause zurück? Niemand hat etwas gegen Sie, und nicht der geringste Verdacht lastet auf Ihnen.«

»Vorläufig ist es mir unmöglich, nach Hause zurückzukehren. Ich habe vorher noch etwas Dringendes zu erledigen.«

»Aber warum wollen Sie mir Ihre Adresse nicht anvertrauen?« bedrängte er sie. »Wir kennen uns doch zur Genüge – sind wir nicht zusammen durch dick und dünn gegangen? Bedenken Sie die vielen Jahre unserer Freundschaft, Belinda Maria!«

»Wenn Sie nicht sofort ruhig sind, steige ich aus!« drohte sie.

»Aber, zum Teufel – wie soll ich Ihnen denn helfen?«

»Bitte, fluchen Sie nicht in Gegenwart einer Dame!« rief sie. »Sie müssen immer freundlich und lieb zu mir sein. So helfen Sie mir am besten.«

Er lehnte sich in die Polster zurück, fest entschlossen, nun seiner Begleiterin die Initiative zu überlassen. Er mußte nicht lange warten.

21

In der gleichen Nacht, gegen zwölf Uhr, schlich ein Mann in langem Mantel durch den Garten eines Hauses in einem Vorort Londons. Vor einem Fenster des Erdgeschosses machte er halt. Ohne große Hoffnung, aber doch mit einiger Erwartung tastete er den Sims ab. Die für solche Zwecke trainierten Fingerspitzen stießen bald an ein kleines Päckchen, das auf dem Fenstervorsprung bereitlag.

Der Mann zog sich ebenso vorsichtig, wie er gekommen war, aus dem Garten zurück. Draußen auf der Straße wartete sein Genosse auf ihn.

»Hat sie ausgespuckt?« fragte der Wartende aufgeregt.

»Ein Päckchen lag da – was drin ist, weiß ich noch nicht«, brummte der andere. Er riß schnell die Umhüllung auf und las unter einer Laterne das inliegende Schreiben. »Sie hat sich das Geld noch nicht verschaffen können und will mich morgen nachmittag gegen sechs Uhr an der Ecke Oxford Street und Regent Street treffen.«

»Wie will sie dich denn erkennen?«

»An einer ›Westminter Gazette‹, die ich gefaltet unter dem Arm tragen soll.«

»Dann ist es eine Falle!«

Der Mann im langen Mantel lachte wegwerfend.

»Sie wird mir keine Falle stellen. Sie hat mehr Angst als Vaterlandsliebe.«

Der zweite biß sich in den Zeigefinger und beobachtete nervös die Straße.

»Feine Ganoven sind wir! Erst wollten wir ein Bombengeschäft machen, und jetzt rennen wir herum, um lumpige dreißig Pfund zu bekommen!«

»Pech, verfluchtes Pech –«, pflichtete der erste bei. »Aber keine Sorge – das Mädchen ist für mehr als dreißig Pfund gut.«

Am Nachmittag des folgenden Tages stand gegen sechs Uhr der Mann im langen Mantel an der Ecke Oxford Street und Regent Street. Anstatt die Zeitung, wie vorgeschrieben, unter dem Arm zu tragen, schlug er sie sich in regelmäßigen Abständen gegen den

Schenkel. Damit er in dem Gedränge auch nicht übersehen werden konnte, stand er unter einer helleuchtenden Straßenlaterne.

Kurz nach sechs Uhr sah er das Mädchen kommen. Statt jedoch bei ihm stehenzubleiben und ihm das verlangte Geld zu übergeben, ging sie kühl lächelnd an ihm vorüber. Eben wollte er ihr folgen, als er einen festen Griff spürte.

»Ich habe doch das Vergnügen, mit Mr. Fisher zu sprechen?« fragte eine höfliche Stimme, ohne daß sich der Griff lockerte.

Der Angesprochene starrte dem andern ins Gesicht.

»Geschnappt!« bemerkte er schlicht.

Wenige Minuten später erschien der Gefangene vor Mr. T. X. Meredith, der ihn freundlich lächelnd begrüßte.

»Nun, mein lieber Mr. Fisher, wie geht es Ihnen? Heißen Sie noch so, oder sind Sie jetzt Mr. Harry Gilcott? Oder vielleicht sogar Mr. George Porten?«

Karas ehemaliger Diener lächelte unterwürfig.

»Sie machen immer Spaß, Mr. Meredith! Die junge Dame hat mich wohl verpfiffen?«

»Nein – das haben Sie ganz allein besorgt. Sie können Ihre Handschrift noch so sehr verstellen und noch so viele orthographische Fehler einflechten – wenn Sie sich vorher keine Handschuhe anziehen oder nicht zum mindesten die Hände waschen, dann nützt Ihnen der ganze Bluff nicht viel.«

»Die Hände waschen?« fragte Fisher erstaunt.

»Ja, weil man nämlich sonst Ihre Fingerabdrücke zu deutlich lesen kann.«

»Ach – so!« sagte der Gefangene gedehnt, als ihm endlich ein Licht aufging. »Warum hat man mich eigentlich verhaftet?«

»Weil Sie die gesetzlichen Bestimmungen mißachtet und Ihre Meldepflicht versäumt haben. Sie stehen als bedingt Entlassener unter Polizeiaufsicht und wissen wohl, was Sie als solcher zu tun haben. Außerdem . . .«

»Das ist nicht so schlimm –«, seufzte Fisher erleichtert auf, »dafür gibt es höchstens ein Jahr. Wollen Sie mich auch wegen – dieser letzten Sache hochgehen lassen?«

»Vorläufig nicht«, beruhigte ihn der Chefinspektor. »Du wußtest doch seit langem, wie die Dame heißt, die du zu erpressen versuchtest, nicht wahr?« Wieder zum dienstlichen ›Sie‹ übergehend, fragte er: »Was wissen Sie über die Ermordung Ihres früheren Herrn?«

»Gar nichts, Sir. Ich habe nicht das geringste damit zu tun gehabt. Das kann ich beweisen. Ich war den ganzen Abend bei Mrs. Beale . . .«

»Mit Ausnahme einer Viertelstunde«, warf T. X. ein.

»Ja, aber ich ging nur rasch auf die Straße, weil ich einen Freund treffen wollte.«

»Wohl deinen Komplicen in dieser kleinen Erpressung, wie?«

»Jawohl, Sir. Ich hatte vor, mit ihm zusammen ein größeres Ding zu drehen. Aber ich will lieber den Mund halten, sonst muß ich damit rechnen, dafür noch ein paar Jahre angedreht zu bekommen. Wenn Sie mir versprechen, Mr. Meredith, daß ich mit heiler Haut davonkomme, will ich die ganze Sache erklären.«

»Wer sollte denn das Opfer der ›großen Sache‹ sein?«

»Mr. Kara, Sir.«

»Schießen Sie los!«

Die Geschichte war in wenigen Worten erzählt. Fisher hatte im Zuchthaus seinen Komplicen kennengelernt und mit ihm ausgemacht, Mr. Kara zu bestehlen. Den beiden war von einem Dritten der Reichtum des Griechen in den verlockendsten Farben geschildert worden, und das hatte ihre Habgier entflammt. Und nun hatte ein ›Zufall‹, wie Fisher sich ausdrückte, die ganze Sache vermasselt. Erst von diesem Punkt an, als die Ereignisse des Mordabends berührt wurden, schenkte Meredith der alltäglichen Geschichte gespanntere Aufmerksamkeit.

»Der Besucher, Mr. Gathercole«, erzählte Fisher, »klingelte und verlangte, als ich öffnete, Mr. Kara zu sprechen. Da mein Herr Gathercole schon am späten Nachmittag hatte empfangen wollen, meldete ich den Besuch sofort und erhielt Befehl, den Erwarteten hinaufzuführen. Ich brachte ihn also nach oben, und nachdem er bei Mr. Kara eingetreten war, kümmerte ich mich nicht weiter um die beiden, sondern hielt mich in der Diele auf. Erst als ich Mr. Gathercole beim Aufbruch mit Mr. Kara zwischen Tür und Angel reden hörte, ging ich ihm entgegen, um ihn an die Haustür zu begleiten.«

»Erinnern Sie sich, die Stimme Ihres Herrn gehört zu haben?« erkundigte sich Meredith.

»Heute glaube ich, daß ich auch ihn sprechen hörte. Jedenfalls war Mr. Gathercole, als ich ihn nach unten begleitete, in bester Laune.«

»War der Besucher alt oder jung?«

»Alt, Sir. Das heißt, so in mittleren Jahren. Zapplig und zerstreut, wie solch gelehrte Herren es meist sind. In meiner Erinnerung lebt Mr. Gathercole als ›alter Herr‹. In Wirklichkeit mag er vielleicht erst fünfundvierzig sein.«

»Ist Ihnen etwas Besonderes an ihm aufgefallen?«

»Nein, eigentlich nicht. Doch, er hatte einen künstlichen Arm!«

»Der linke oder der rechte?«

»Der linke Arm war eine Prothese.«

»Wissen Sie das bestimmt?«

»Ich könnte einen Eid ablegen, daß es der linke war.«

»Gut. Fahren Sie fort.«

»Mr. Gathercole kam, nachdem er sich von Mr. Kara verabschiedet hatte, die Treppe herunter und verließ, von mir bis an die Tür geleitet, das Haus. Ich habe ihn seither nicht wiedergesehen. Als Sie eintrafen und der Mord entdeckt wurde, geriet ich, da ich doch meine eigenen Pläne im Haus verfolgte, ein wenig aus dem Häuschen. Dann schickten Sie mich hinunter, um den Alarm abzustellen, und danach blieb ich, um zu überlegen, in der Diele. Das erste, was ich dort bemerkte, war ein Brief, der vorher bestimmt nicht auf dem Dielentisch gelegen hatte. Er war an mich adressiert.« Fisher schwieg einen Augenblick, fuhr aber, als T. X. ihm ermunternd zunickte, fort: »Ich war erschrocken, denn ich konnte mir nicht erklären, wie der Brief dorthin gekommen war. Mit Ausnahme der knappen Viertelstunde, die ich mit meinem Freund verbracht hatte, war ich doch den ganzen Abend zu Hause. Der Brief mußte also, als Sie eintrafen, schon auf dem Tisch gelegen haben. Ich riß den Umschlag auf und las erschrocken die wenigen Worte, die auf dem Briefblatt standen.«

»Wie lauteten sie?«

»In meinem ganzen Leben werde ich sie nicht mehr vergessen, Sir, so sehr sind sie in mein Gehirn eingebrannt«, beteuerte Fisher. »Statt einer Anrede begann der Brief mit ›A.C. 274!‹«

»Wußten Sie, was diese Chiffre zu bedeuten hatte?«

»Ja, Sir. Es war meine Gefangenennummer in Dartmoor.«

»Nun, und der Inhalt des Briefes?«

»›Mach, daß du so schnell wie möglich verduftest!‹« Man merkte Fisher noch jetzt den Schrecken an, den ihm diese Botschaft aus der Vergangenheit eingejagt hatte. »Ich kam nicht drauf, wer den Brief hingelegt haben könnte. Auf alle Fälle hatte mich jemand erkannt. Ich kniff aus. Einige Zeit danach begegnete ich zufällig der Sekretärin Mr. Karas, Miss Holland – ihren richtigen Namen kannte ich damals noch nicht –, und folgte ihr bis vor ihr väterliches Haus. Das war an dem Abend, als Sie gleichfalls dort auftauchten.«

Meredith spürte, daß er errötete.

»Haben Sie mir sonst noch etwas mitzuteilen?« fragte er, um über seine Verlegenheit hinwegzukommen.

»Nein, Sir.«

22

»Etwas wollte ich Sie noch fragen«, sagte Belinda, als sie am nächsten Morgen Meredith im Green Park traf.

»Wenn sich Ihre Neugierde darauf bezieht, zu erfahren, ob ich nachgeforscht habe, wo Sie wohnen, bekommen Sie keine Antwort.« T. X. schielte zur Seite, wo Belinda Maria mit langen, wiegenden Schritten neben ihm her ging. »Ihr Vater ist wieder in London. Er möchte Sie gern sprechen.«

Sie verzog das Gesicht zu einer Grimasse.

»Sie haben mich doch hoffentlich nicht bei ihm verpetzt?«

»Selbstverständlich habe ich das getan. Zweifelten Sie daran?«

»Was ist los mit Ihnen? Sie sind heute so schlechter Laune – und haben doch alles, was ein Mensch begehren kann!«

»Ha, ha!«

»Lachen Sie nicht. Habe ich nicht recht? Sie haben eine gutbezahlte Stellung, die Welt blickt zu Ihnen auf, zu Hause warten Weib und Kinder, die Sie lieben ...«

»Was – liebe ich?« fragte er verblüfft.

»Ihre Frau und Ihre Kinder. Sie sind doch verheiratet?«

Er räusperte sich nur.

»Natürlich sind Sie verheiratet! Oft stelle ich Sie mir im Kreise

Ihrer Familie vor – Sie erzählen den Kleinen Geschichten und lesen Ihrer Frau den ›Daily Megaphone‹ vor . . .«

Er hielt sich an einer Banklehne fest.

»Kommen Sie, setzen wir uns – ich fühle mich schwach.« Er ließ sich auf die Bank fallen, und sie setzte sich neben ihn. »Sie haben mein Heim treffend geschildert.«

»Also hatte ich recht – Sie sind verheiratet, nicht wahr?«

Er verzog keine Miene.

»Wußten Sie das nicht?«

Sie schluckte.

»Ich habe mich, da mich die Sache ja nichts angeht, nie für Ihre Familienverhältnisse interessiert. Hoffentlich sind Sie glücklich.«

»Vollkommen. Besuchen Sie mich doch einmal an einem Sonntagnachmittag, wenn ich meinen Schrebergarten umgrabe. Sie werden staunen, wie groß die Kartoffeln sind. Ich bin leidenschaftlicher Gemüsegärtner.«

»Kommen Sie, wir wollen weitergehen«, bat sie.

Meredith sah verstohlen zu seiner Begleiterin hinüber. Er hätte schwören mögen, daß Ihre Augen feucht schimmerten.

»Sind Sie mir böse, Belinda Maria?«

»Keine Spur. Warum auch?«

»Sie glauben doch nicht etwa den Unsinn, den ich eben verzapft habe?«

»Ich habe noch nicht darüber nachgedacht. Es geht mich ja schließlich nichts an.«

»Sind *Sie* verheiratet?«

Sie starrte ihn an.

»Natürlich – wenn mein jetziger Mann stürbe, würden Sie mein vierter Gatte.«

Sie hätte sich auf die Zunge beißen mögen, als sie sich der Folgen dieser Antwort bewußt wurde. Eine Sekunde später hatte sie alle Hände voll zu tun, um sich seiner Umarmung zu erwehren. Ohne auf die entrüsteten Bemerkungen eines alten Parkwächters zu achten, hielt er sie fest und küßte sie.

»Belinda Maria, Liebling«, schärfte T. X., als sie sich trennten, seiner Braut ein, »du wirst jetzt deine Wohnung, wo immer sie sich befindet, aufgeben und dich brav nach Portland Place zurückbegeben. Ja, ich weiß, du kannst nicht gleich zurückkehren – du hast noch jemand bei dir. Ich kann mir auch denken, wer es ist.«

»Wer denn?« fragte sie erschrocken.

»Deine Mutter.«

»Mein Gott, Tommy, du glaubst doch nicht im Ernst, daß ich Mutter bei mir haben könnte, ohne daß es alle Welt erfahren würde?« Sie befanden sich gegenüber der Kavalleriewache und mußten sich nun voneinander verabschieden. »Vielleicht zeigst du mal, daß du bei der Polizei wirklich etwas zu sagen hast, und läßt den Verkehr stoppen, damit ich über die Straße kann!«

23

So unglaublich es klingt – ein Kanalräumer in London war die Ursache erhöhter Betriebsamkeit des britischen Konsuls in Durazzo. Tatsächlich war der Kanalräumer schuld daran, daß sich der dicke Vertreter Großbritanniens im fernen Durazzo schon vor Tagesanbuch aus den Federn erheben mußte, um einige Nachforschungen anzustellen, die sich auf das ganze Land und im besonderen auf die zahlreichen Basare in den Städten erstreckten.

Die ersten Bemühungen des Konsuls, das zu erfahren, was man von ihm wissen wollte, endeten mit einem glatten Fiasko. In Durazzo gab es Hunderte, die sich des schönen Namens Hussein Effendi erfreuten. Als alles erfolglos blieb, beriet sich Britanniens Vertreter schließlich mit seinem amerikanischen Kollegen.

»Warum«, fragte dieser erstaunt, »interessiert sich das Foreign Office in London auf einmal für einen unbekannten Muselman?«

»Sie müssen sich doch zu Hause mit irgend etwas beschäftigen«, erwiderte der Brite respektlos.

»Sie haben recht«, meinte der Yankee. »Ich weiß ein Lied davon zu singen. Was die in Washington alles von mir wissen wollen, geht auf keine Kuhhaut. Wahrscheinlich hat man Ihnen diese Aufgabe nur gestellt, um sicher zu sein, daß Sie nicht vor Langeweile umkommen. Was haben Sie schon alles unternommen?«

»Ich habe mich bei Hakaat Bey melden lassen. Was mag denn

dieser Hussein Effendi ausgefressen haben, daß sich Großbritannien für ihn interessiert?« klagte der Konsul trübselig.

Der Anlaß dieser ganzen Aufregung im fernen Albanien aber war eben jener Londoner Kanalräumer gewesen, der ein paar Tage zuvor auf der Victoria Street in die Kanalröhre hinuntergestiegen war und einen Gegenstand gefunden hatte, für den sich Chefinspektor Meredith außerordentlich interessierte.

Und nun saß T. X. ungeduldig in seinem Arbeitszimmer und wartete gespannt auf die Antwort aus Albanien. Endlich, in später Nachtstunde, wurde seine Ausdauer belohnt. Ein Eilbote des Foreign Office brachte ein Telegramm. Die Nachricht lautete:

›Nr. 847. Ihr 63 952 von gestern. Hussein Effendi ist ein angesehener Kaufmann und vor einigen Tagen nach Italien gereist, um seine Tochter Marie Therese Florence Hussein, katholisch wie der Vater, in einem Kloster unterzubringen. Voraussichtlich nächstes Reiseziel Paris, wo unter Theokritis & Co., Rue de l'Opéra, zu erreichen.

Vizekonsulat Durazzo‹

Eine halbe Stunde später unterhielt sich Meredith bereits telefonisch mit dem Vertreter Scotland Yards in Paris, und wenige Stunden nach diesem Gespräch hatte er den erbetenen Bericht in Händen. Nun fügten sich die einzelnen Beweisstücke allmählich zu einem Ganzen zusammen. Viel fehlte nicht mehr, um den Mord an Kara aufklären zu können. Die fehlenden Beweise sollte ihm der gesuchte Hussein Effendi liefern.

Um acht Uhr abends meldete sich der Pariser Polizeiagent bei Meredith und begrüßte ihn mit einem kurzen, vielsagenden Nikken.

»Führen Sie den Herrn zu mir«, bat T. X.

Ein schlanker, hagerer Herr in den Fünfzigern folgte dem Agenten, der sofort das Zimmer wieder verließ. Der Besucher war im Frack erschienen. Sein Gesicht zeigte eine Bräune, die nicht nur von der Sonneneinwirkung herrührte, und die dünnen weißen Haare hoben sich kontrastvoll davon ab. Er verneigte sich.

»Sprechen Sie französisch, Monsieur?« erkundigte sich Meredith.

Der Fremde nickte stumm.

»Mein Pariser Agent wird ihnen den Grund für mein Ersuchen mitgeteilt haben«, eröffnete T. X. das Gespräch. »Ich benötige einige Auskünfte, um ein Verbrechen, das in England begangen wurde, aufzuklären. Ich habe Ihnen freies Geleit, wenn ein solches überhaupt nötig sein sollte, zusichern lassen, so daß, was Sie mir auch mitzuteilen haben, Sie keinen Schaden davontragen werden.«

»So hat man mir versichert, Effendi«, erwiderte der hagere Türke. »Ich habe mich mit Engländern und Amerikanern immer sehr gut verstanden. Auch habe ich schon öfter in London geweilt. Es wird mir deshalb ein besonderes Vergnügen bereiten, Ihnen einen Dienst zu erweisen.«

Meredith erhob sich und nahm aus einem Bücherschrank ein kleines, in Seidenpapier gewickeltes Päckchen. Er legte es, während ihm sein Besucher mit unbeweglicher Miene zuschaute, auf den Tisch. Langsam, den Türken fest im Auge behaltend, entfernte T. S. die Papierhülle und hielt endlich ein Messer mit langer, rostiger Klinge in der Hand. Bis zum Heft war es mit dunklen Flecken übersät.

»Ihr Eigentum, wenn ich mich nicht irre, Hussein Effendi?«

Sorgfältig prüfte dieser das Messer, trug es zum Fenster und hielt es, um ganz sicher zu sein, gegen das Licht. Erst dann gab er es Meredith zurück.

»Es ist mein Eigentum«, sagte er.

T. X. lächelte.

»Sie wissen, daß Ihr Name eingraviert ist, nicht wahr?«

Der Türke verbeugte sich.

»Mit diesem Dolch«, fuhr T. X. fort, »hat man in London einen Mord verübt.«

Nicht die geringste Bewegung des Besuchers verriet, ob ihn diese Mitteilung überraschte.

»Wir alle empfangen unser Los von Gott«, erwiderte er gelassen. »Ich weiß, daß in Großstädten oft derartige Verbrechen verübt werden.«

»Aber – es ist Ihr Dolch!« gab Meredith zu bedenken.

»Meine Hand, Effendi, weilte zur Zeit des Mordes mit mir in Durazzo«, antwortete Hussein und warf einen prüfenden Blick auf die blutbefleckte Waffe. »Endich also hat den ›schwarzen Zigeuner‹ sein Schicksal erreicht!«

»Den schwarzen Zigeuner?«

»Den Griechen, den man Kara nannte, ja. Er war ein schlechter Mensch.«

Meredith war aufgesprungen und blickte den Gast mit zusammengekniffenen Augen an.

»Woher wissen Sie, daß Kara ermordet wurde?«

»Haben es die Zeitungen nicht genügend in die Welt hinausposaunt?«

»Sie haben recht«, mußte T. X., wenn auch ärgerlich, zugeben. »Ich wußte ja nicht, daß Sie englische Zeitungen lesen, Hussein Effendi.«

»Ich habe keine gelesen – als ich hier eintrat, hatte ich keine Ahnung, daß Kara ermordet worden ist. Erst als ich dieses Messer in Händen hielt, wußte ich es.«

»Man fand das Messer in einem Abwässerkanal. Dorthinein muß der Mörder es wohl geworfen haben. Sie sagen, Effendi, daß Sie bis jetzt von Karas Ermordung nichts wußten – aber Sie wissen doch sicher, wer der Mann ist, der dieses Messer von Ihnen erhielt. Er ist der Mörder.«

Der Türke hob abwehrend die Hände.

»Ich bin zwar Christ, weiß aber, daß es in der Religion meiner Ahnen, dem Islam, vieles gibt, was weise und gut ist. Einer der weisesten Sprüche des Korans lautet: ›Der Bösewicht soll durch die Hand des Guten umkommen, er soll seinen Tod von den Streichen des Friedfertigen empfangen.‹ Herr, ich bin ein ehrlicher Mann und habe nie etwas begangen, dessen ich mich schämen müßte. Ich habe mit Griechen, Juden, Armeniern, Engländern, mit Angehörigen aller Völker Handel getrieben und bin stets aufrichtig mit ihnen verfahren. Wenn ich wirklich einmal Blut vergießen mußte, dann habe ich es in berechtigter Notwehr, nicht aus Rache oder Beutegier getan. Fragen Sie diese Klinge, Herr, vielleicht gibt sie Antwort. Solange sie dies nicht tut, werde auch ich schweigen. Es steht geschrieben: ›Die Waffe ist die Dienerin des Krieges – der Diener aber schweigt, wenn man ihn um die Taten seiner Herren befragt.‹ Die Waffe hier war der Diener des Mannes, der Kara ermordete. Sie ist klug und wird schweigen.«

T. X. lachte hilflos.

»Ich hatte gehofft –«, begann er, »oder vielmehr befürchtet«, setzte er leise, kaum hörbar, hinzu, »daß Sie mir Auskunft geben würden. Ich kann und will Sie nicht zwingen, Effendi. Ich danke Ihnen, daß Sie meinem Ruf gefolgt sind, auch wenn Ihr Besuch erfolglos für mich verlaufen ist.«

Er lächelte Hussein Effendi zu und streckte die Hand aus.

»Mein Herr«, entgegnete dieser und umspannte Merediths Hand mit festem Druck, »es gibt im Leben Dinge, an denen man still, mit abgewandtem Gesicht, ohne daran zu rühren, vorbeigehen soll. Augenblicke kommen, wo die Gerechtigkeit zur Ungerechtigkeit wird, wo man blind sein muß, nichts sehen oder hören darf.«

Diese Weisheiten des alten Türken waren das einzige, was Meredith als Gewinn aus dieser Unterredung davontrug. Er begab sich zum Portland Place, um Belinda Maria zu treffen. Sie hatte ihren Vater besucht, damit er sich nicht weiter zu beunruhigen brauchte und sich von ihrem Wohlbefinden überzeugen konnte.

»Weißt du schon«, fragte Meredith seine Braut, »daß Lexman nach Amerika fährt? Vorher aber will er noch einen Vortrag halten.«

»Einen Vortrag? Über was denn?«

»Gerade das Thema ist es ja, was mich so beunruhigt«, erwiderte er. »Komm – während des Essens reden wir weiter darüber.«

»Wo soll denn der Vortrag Lexmans stattfinden?« fragte Belinda Maria, als sich die beiden gegenüber saßen.

»Das weiß ich nicht, es ist auch nicht wichtig. Das Thema interessiert mich mehr.«

»Wie heißt es?«

»Es geht um die Ermordung Remington Karas, deren Geheimnis gelöst werden soll. Lexman ist der richtige Mann, um dieses Thema zu behandeln. Obwohl er sich seine Kriminalromane aus den Finger saugt, würde er doch, hätte er sich meinem Beruf verschrieben, ein hervorragender Kriminalist geworden sein. Er hat zu seinem Vortrag eine Unzahl von Einladungen verschickt. Beinah alle Polizeipräsidenten der großen Staaten werden kommen. O'Grady, der New Yorker, ist bereits da. Die Spanier schicken ihren klügsten Kopf. Du weißt, welches Aufsehen die Ermordung Karas erregt hat. Lexman will uns nicht nur den vermeintlichen Hergang, sondern auch die Person des Täters, seine Motive und Gründe schildern und – den Namen nennen.«

Sie hatte ihm schweigend zugehört. Nun faßte sie ihn beschwörend am Arm.

»Du mußt Lexman veranlassen, seinen Vortrag in meinem Haus zu halten. Tommy, du mußt!«

»Am Portland Place?«

»Nein. Ich habe ein eigenes Haus, es ist möbliert und natürlich gemietet. Bitte, sprich mit Lexman und veranlasse ihn, mir diesen Wunsch zu erfüllen.«

»Aber warum nur?«

»Frage nicht, sei lieb, Tommy!«

»Ich werde ihn heute nachmittag darum bitten«, versprach er.

Ins Büro zurückgekehrt, telefonierte er mit Lexman.

»Mir wäre zwar ein Ort außerhalb Londons lieber gewesen«, meinte John, »aber ich bin Miss Bartholomew sehr dankbar und werde gern von ihrem Angebot Gebrauch machen. Bitte, lade sie ein, dem Vortrag beizuwohnen. Es wird nicht uninteressant sein, das verspreche ich dir.«

So kam es, daß Belinda Maria an der Veranstaltung teilnehmen durfte. In Gesellschaft der berühmtesten Kriminalisten sollte sie der Aufklärung eines der sensationellsten Mordfälle der Gegenwart beiwohnen.

24

Das Zimmer, in dem der Vortrag stattfinden sollte, war ziemlich groß und konnte, da man alle überflüssigen Möbel hinausräumte, in einen eigentlichen Saal verwandelt werden. Die geladenen Gäste aus aller Herren Länder nahmen ihre Plätze ein.

Das Kaminfeuer flackerte gemütlich, und die Koryphäen unterhielten sich über alle möglichen Berufsfragen. Belinda Maria, die in der Tür stand, um nach dem Rechten zu sehen, lauschte eine Weile den Gesprächen der Herren, ohne zu wissen, wer was sagte.

»... Erinnern Sie sich, Sir George, des Falles Bolbrook? In Odessa habe ich den Mann endlich fassen können ... Das merkwürdigste war, daß man nicht einen Penny bei dem Toten fand. Nur ein kleines, goldenes Amulett, ein Smaragd an goldener Kette ... Ich wußte also, daß das Mädchen mit dem Pelzmantel ... Pinto konnte, nachdem er mich mit drei Kugeln bedacht hatte, aus dem Haus flüchten. Ich schleppte mich zum Fenster und knallte ihn nieder. Ein feiner Schuß ...«

Die Herren erhoben sich, als das Mädchen eintrat und die Ankunft Lexmans meldete.

Er sah abgespannt aus, begrüßte die Gäste mit freundlichem Kopfnicken. Er kannte sie beinah alle. Nach der Begrüßung legte er einige engbeschriebene Manuskriptblätter auf das für ihn vorbereitete Rednerpult und begann sofort:

»Sie wissen, meine sehr verehrten Damen und Herren, daß ich der Verfasser zahlreicher Kriminalromane bin. Diese Romane hatten, meines Erachtens, ihren Erfolg dem Umstand zu verdanken, daß sie in logischer, verständlicher Weise fiktive Kriminalfälle schufen und auf eine Weise lösten, die die Spannung der Leser bis zum Ende wachhielt. Sir George, unser Polizeipräsident, hatte verschiedentlich die Liebenswürdigkeit, mir gegenüber darauf hinzuweisen, daß die Erzeugnisse meiner Feder etwas mehr seien als reine Sensationshascherei. Ich habe tatsächlich, soweit es mir möglich war, versucht, meine Bücher auch vom fachwissenschaftlichen Standpunkt aus zu einer lohnenden Lektüre zu machen.

Bitte, mißverstehen Sie mich nicht – es soll keine Selbstbeweihräucherung sein. Es geht mir nur darum, Ihnen, meine Damen und Herren, die Sie fast alle in leitenden Stellungen bei einer Polizeibehörde tätig sind, meinen Standpunkt zu erklären. Ich glaube heute, daß es mir einigermaßen gelungen ist, mich in die Gedanken, in die Mentalität des Verbrechers einzufühlen, und daß ich meine fiktiven Hauptgestalten so ausgestattet und dem Leser vorgeführt habe, wie sie im wirklichen Leben sein könnten. Und so will ich auch versuchen, mich in die Lage und in die Gedankengänge jenes Menschen zu versetzen und einzufühlen, der den Griechen Remington Kara ermordet hat.

Die meisten der hier Anwesenden sind wohl über den Charakter des Verstorbenen genügend unterrichtet, um zu wissen, welcher Menschenklasse er angehörte, und daß er sein Schicksal nicht unverdient erlitten hat. Es ist Ihnen bekannt, welch entsetzlicher Grausamkeit er fähig war. Er war ein Egoist reinsten Wassers, der nur seiner Machtgier frönte.«

Der Redner schilderte nun in großen Zügen den Hergang bei der Ermordung Vassalaros und kam dann auf die Vorgeschichte zu sprechen:

»Ich kenne jetzt die Zusammenhänge um Vassalaros Tod. An Weihnachten, das heißt vor der Ermordung des Geldverleihers, sandte mir ein unbekannter Leser einen Revolver als Weihnachtsgeschenk zu. Dieser Unbekannte war, wie ich heute weiß, Remington Kara, der die Ermordung des ihm unbequem gewordenen Vassalaro schon drei Monate voraus geplant hatte. Er war es, der mir den Browning schickte, er, der genau wußte, daß ich noch nie eine derartige Waffe besessen, geschweige denn in der Hand gehalten hatte. Er war sich klar darüber, daß ich das Ding nicht öfter als nötig in die Hand nehmen, sondern vielmehr irgendwo verschließen und vergessen würde. Aber Kara war, wie in allem, auch in dieser Sache ganz systematisch vorgegangen. Drei Wochen nach Erhalt jenes ›Weihnachtsgeschenks‹ wurde in mein Haus eingebrochen. Schon damals hatte ich den Eindruck, daß der Einbrecher seine Sache ganz besonders ungeschickt angepackt habe. Er vollführte bei seinem Versuch, ins Haus zu gelangen, einen solchen Lärm, daß ich aufwachen mußte und auch tatsächlich erwachte. Der vermeintliche Dieb beschränkte sich aber darauf, eine Fensterscheibe einzudrücken, und flüchtete dann. Wie Kara ganz richtig vorausgesehen hatte, dachte ich nach diesem Einbruchsversuch sofort an meinen Revolver. Ich holte ihn aus dem Versteck hervor, um ihn für alle Fälle bei der Hand zu haben. Um sich zu vergewissern, daß sein Vorhaben planmäßig verlief, kam Kara am Tag nach dem versuchten Einbruch zu mir und hörte natürlich, was sich zugetragen hatte. Obwohl er auf meinen Revolver, von dem ich ihm damals noch nicht erzählt hatte, mit keinem Wort anspielte, erinnere ich mich doch, daß er darauf hinwies, wie gut es sei, immer eine Waffe in Reichweite zu haben. Ein paar Wochen später wiederholte sich die ganze Komödie, wieder wurde einzubrechen versucht, wieder besuchte mich Kara. Auch jetzt schilderte ich ihm den ganzen Vorfall. Es wäre ja ganz unnatürlich gewesen, wenn ich es unterlassen hätte. Nicht nur zwischen meiner Frau und mir war es das Gesprächsthema, auch die Dienstboten und selbst die Einwohner von Beston Tracey sprachen darüber.

Und dann wurde mir an jenem Abend – im Beisein Karas – der Drohbrief Vassalaros zugestellt. Während ich draußen den Chauffeur suchte, um ihm den Aufbruch seines Herrn anzukündigen, blieb Kara im Haus. Kurze Zeit unterhielt er sich mit meiner Frau und ging dann unter einem Vorwand nochmals in mein Arbeitszimmer. Hier lud er meinen Revolver – nicht nur den Lauf, auch das Magazin. Er vertraute seinem Glück, daß ich die Waffe nicht vor der Zeit ausprobieren würde. Das Risiko war ziemlich groß, denn bevor er mir den Revolver zusandte, hatte er den Abzug so vorzüglich eingeölt, daß er dem leichtesten Druck gehorchte. Hätte ich ihn berührt – Karas Plan wäre ins Wasser gefallen.

Was sich in jener Nacht ereignete, wissen Sie heute alle, meine Damen und Herren.«

Lexman streifte nun seine Verhaftung, die Verhöre, die Verhandlung vor dem Schwurgericht, das entsetzliche Urteil und beschrieb sein Leben im Zuchthaus. Dann folgte die Schilderung der Flucht aus Dartmoor:

»Nach meiner Verurteilung klügelte Kara ein raffiniertes System aus, um meine Frau zu beunruhigen. Kaum einen Monat später sprach ein Mann bei ihr vor, der vorgab, eben entlassen worden zu sein. Er habe mich gesehen und gesprochen und die entsetzlichen Folgen bemerkt, die schon der kurze Zuchthausaufenthalt bei mir gezeitigt hätte. Die Berichte genügten, um eine Frau wie Grace an den Rand des Wahnsinns zu bringen. Er erzählte ihr auch, daß ich meiner besseren Bildung wegen von den Gefangenenwärtern mißhandelt und schikaniert würde, und daß ich krank und beinahe irrsinnig geworden sei. Kurz, man tat alles, um Grace die Einsamkeit zur Hölle zu machen. Das war Karas Absicht. Nicht mit Peitschenhieben, sondern mit Nadelstichen wollte er sich rächen, meine Frau, die ihn verschmäht hatte, im tiefsten verwunden und ihr den Frieden rauben. Als er dann erfuhr, daß ich entlassen werden sollte, baute er einen neuen Plan zu unserer Vernichtung auf. Es blieben ihm zur Ausführung kaum zwei Tage.

Von einem seiner Agenten erfuhr er, daß mein Wärter bei seinen Vorgesetzten schlecht angeschrieben sei, weil er im Verdacht der

Bestechlichkeit stehe. Sofort bot Kara ihm eine große Summe als Bestechungsgeld an, und der Wärter sagte zu.

Kara hatte inzwischen ein Sportflugzeug gekauft, und da er, wie wir wissen, ein ausgezeichneter Pilot war, flog er selbst das Flugzeug nach Devon und kam dort bei Tagesanbruch auf einem einsamen Platz in der Heide an.

Wie meine Flucht bewerkstelligt wurde, wissen Sie alle. Ich kann mir daher eine genaue Schilderung ersparen. Meine wirkliche Geschichte beginnt ja erst in dem Augenblick, als ich meinen Fuß auf Deck der ›Mpret‹, der Jacht Karas, setzte.

Sobald ich an Bord war, fragte ich nach meiner Frau. Kara machte mich darauf aufmerksam, daß ich noch immer in Sträflingskleidung sei, und so ging ich, ohne Grace begrüßt zu haben, in die Kabine, um mich umzuziehen. Seidene Unterwäsche, ein eleganter Jachtanzug und alles, was ich sonst benötigte, lagen für mich bereit. Wie wohl ich mich in Zivilkleidung fühlte, brauche ich nicht erst zu betonen. Nach wenigen Minuten erschien ein Steward und führte mich in den Salon, wo mich meine Frau erwartete.«

Die Stimme des Vortragenden hatte an Kraft verloren, und die letzten Worte brachte er nur im Flüsterton heraus. Es dauerte eine Weile, bis er sich wieder so weit in der Gewalt hatte, um in seinen Ausführungen fortzufahren.

»Wie mir Grace erzählte, hatte sie sich eines gewissen Mißtrauens gegen Kara nicht erwehren können. Als ihr dieser aber den Plan zu meiner Befreiung bis in die kleinsten Details erläuterte, hatte sie ihm schließlich geglaubt. Er hatte ihr sogar das Flugzeug gezeigt, kurz alles getan, um sie zum freiwilligen Mitgehen zu bewegen. Sie folgte ihm an die See, weigerte sich aber, mit ihm an Bord der ›Mpret‹ zu gehen. Sie schlug ihm vor, daß sie sich in der Nähe der Jacht aufhalten wolle, bis sie mich an Bord sehe. Dann werde sie nachkommen. Ein Motorboot sollte sie zur Jacht bringen.

Wir freuten uns wie Kinder, daß wir uns wiederhatten. Keiner, der es je durchgemacht hat, kann ermessen, wie glücklich ich war. Die Reise verlief ohne besondere Ereignisse. Unsere einzige Sorge war, daß vielleicht ein englisches Kriegsschiff auf den entflohenen Sträfling Jagd machen könnte. Kara hatte diese Gefahr wohl ebenfalls in Betracht gezogen, denn die Jacht war ausreichend mit Kohlen versehen worden, um nicht das für mich so gefährliche Gibraltar anlaufen zu müssen. Dort hätte ich mich auf englischem Boden und in größter Gefahr, verhaftet zu werden, befunden. Die Fahrt durchs Mittelmeer war stürmisch. Endlich lief der Dampfer in den Hafen von Durazzo ein. Um, wie Kara zu bedenken gab, nicht vom englischen Konsul gesehen und erkannt zu werden, verkleideten Grace und ich uns als Türken. Sie trug einen dichten Gesichtsschleier, der ihre Züge unkenntlich machte. Ich selbst hüllte mich in einen langen, schwarzen Kaftan, und mein hageres, sonnverbranntes Gesicht tat das übrige, um in dieser Umgebung nicht weiter aufzufallen.

Das Besitztum Karas liegt etwa zwanzig Kilometer von Durazzo entfernt. Man gelangt dorthin auf schlechten Nebenstraßen, die teilweise nicht einmal Pfaden gleichen. Die Landschaft ist wild und unbebaut. Der Weg führte durch Sümpfe, über Bäche und hinauf zu engen, steinigen Gebirgsübergängen.

Der Palast – man muß den Gebäudekomplex wegen seiner Ausdehnung so bezeichnen – liegt auf einem hohen Felsen über dem Meer, und dahinter breiten sich Olivenhaine, grüne Matten und wogende Maisfelder aus. Der Palast liegt strategisch günstig – nur zwei Pfade, leicht zu verteidigen, führen zu ihm.

Die Skipetaren – sonst blutdürstig und grausam – waren ihrem Herrn treu, denn Kara war ihr anerkannter Häuptling. Er zahlte offensichtlich gut genug, so daß sie es nicht nötig hatten, ihm mit Gewalt sein Eigentum abzunehmen. Außerdem hielt er sie dauernd beschäftigt. Von Zeit zu Zeit inszenierten seine Agenten einen der dort üblichen Aufstände – die Leute brauchen das wie das tägliche Brot.

Das Haupthaus, in maurischem Stil erbaut, war bequem eingerichtet, die Höfe mit sprudelnden Fontänen und lauschigen Lauben ausgestattet. Als ich das Tor zu Karas Besitz durchschritt, wurde mir zum erstenmal die Bedeutung und Stellung dieses Mannes klar. Zahlreiche Diener – alle orientalischer Abstammung – eilten in den Räumen umher, schweigsam, höflich, jedem Wink ihres Herrn und seiner Gäste gewärtig. Kara selbst führte uns in sein Arbeitszimmer. Der Raum war hoch, luftig, pompös; rings an den Wänden standen türkische Diwane, den Fußboden bedeckte ein ungeheurer Perser.

Ich möchte hier betonen, daß Kara während der langen Seereise sowohl Grace als auch mir gegenüber stets höflich und zuvorkommend gewesen war.

Wir hatten kaum sein Arbeitszimmer betreten, als er sich freundschaftlich an mich wandte: ›Sie möchten gern Ihr eigenes Zimmer besichtigen, wie?‹

Ich stimmte zu, und der Hausherr klatschte in die Hände. Ein albanischer Diener, ein Riese, trat ein und verbeugte sich erst vor seinem Herrn, dann vor uns. Kara sprach einige Worte mit ihm. ›Mein Diener wird Sie führen, Mr. Lexman‹, wandte er sich freundlich lächelnd an mich.

Ich folgte dem Albanier. Kaum war der Vorhang hinter mir zurückgeglitten, als ich von vier Männern ergriffen, zu Boden geworfen und gefesselt wurde. Mit einem Schlag wurde mir das Spiel Karas klar, und zitternd dachte ich an Grace und ihr künftiges Schicksal. Ich nahm alle Kräfte zusammen, um mich zu befreien, war aber gegen die Übermacht wehrlos. Man schleppte mich durch einen Gang, öffnete eine Tür und warf mich in ein völlig leeres Zimmer. Eine knappe halbe Stunde später kamen die Männer, die mich gefesselt hatten, wieder. Diesmal begleitete sie ein Mann namens Salvolio. Er war entweder griechischer oder italienischer Herkunft. Er sprach mich englisch an und befahl mir, mich ruhig zu verhalten. Dann führten sie mich zurück in Karas Arbeitszimmer. Er saß in einem tiefen Lehnstuhl und rauchte gemächlich eine Zigarette. Ihm gegenüber, immer noch in türkischer Kleidung, stand Grace. Sie war, wie ich zu meiner Freude bemerkte, nicht gefesselt und wollte mir entgegeneilen, wurde aber von meinem Wärter roh zurückgerissen.

Der Grieche sprach mich mit seiner verhaßten, näselnden Stimme an: ›Sie, mein sehr verehrter Mr. Lexman, befinden sich hier völlig in meiner Gewalt. Ich muß Ihnen einiges mitteilen, das für Sie eine ziemliche Enttäuschung bedeuten dürfte.‹ Er schilderte mir nun die Geschichte meiner Begnadigung und erwähnte, auf welche Art und Weise sich meine Unschuld herausgestellt hatte. ›Unter größten Mühen und Aufwendungen ist es mir gelungen, Sie hierherzubringen. Nun, die Schwierigkeiten, die sich der Ausführung meiner Pläne entgegenstellten, sind überwunden. Das Alpha und Omega dieser Pläne ist einzig und allein: Ihnen und Ihrer Frau das Dasein so ungemütlich wie nur möglich zu machen.‹ Nicht ein einziges Mal verriet seine Stimme Erregung. Er sprach so sanft und gleichmäßig, als erkundige er sich nach meinem Befinden. Erst als er mir den Grund seines unauslöschlichen Hasses verriet, begann er etwas aufgeregter zu werden. ›Nichts kann mich mehr hindern, dem Haß, den ich seit Jahren gegen Sie empfinde, freien Lauf zu lassen. Sie haben mir die Frau, die ich liebte, weggenommen, was für einen Menschen, wie ich es bin, eine unerhörte Beleidigung ist. Sie haben es gewagt, sich mir in den Weg zu stellen!‹ Er musterte mich einen Augenblick. ›Ich kann es Ihnen an den Augen ablesen, daß Sie der Meinung sind, ich trachte nur danach, Ihre Frau in meinen Harem einzuschließen – nicht wahr? Sie täuschen sich! Nichts liegt mir ferner. Kara Rumbo eignet sich nicht das an, was ein anderer übriggelassen hat! Mein Haß soll Sie und Ihre Frau treffen – meine Rache wird derart sein, wie Sie es sich in Ihrer Phantasie gar nicht vorstellen können. Sie verstehen mich doch, nicht wahr?‹

Ich antwortete ihm nicht, wagte aber auch nicht, Grace, an die er sich nun wandte, anzublicken.

›Ich glaube bemerkt zu haben, daß Sie Ihren Gatten lieben. Nun, ich werde Ihnen Gelegenheit geben, diese Liebe unter Beweis zu stellen. Was werden Sie sagen, wenn er geschlagen, gedemütigt wird, wie es kaum ein Vieh ertragen könnte? Weder Sie noch er sollen jemals wieder Lebensfreude oder Ruhe haben. Von dieser Minute an sind Sie beide Sklaven, und Sie sollen schlimmer noch als Sklaven behandelt werden!‹

Er klatschte in die Hände. Danach habe ich Grace nur noch ein einziges Mal lebend gesehen.«

Bis hierher hatte sich John Lexman in der Gewalt gehabt. Nun aber, beim empfindlichsten Punkt seiner Leidensgeschichte angekommen, verbarg er sein Gesicht in den Händen. Erst nach einigen Minuten unheimlichen Schweigens war er imstande, seinen Bericht fortzusetzen.

»Man schleppte mich in ein Verlies, das in die Felsen gehauen war, fesselte mich und kettete mich an. Dort blieb ich allein. Einmal am Tag erschien ein Wärter und brachte mir ein Stück Ziegenfleisch und einen Blechbehälter mit Wasser. Jede Woche an einem bestimmten Tag besuchte mich Kara. Er brachte einen kleinen Feldstuhl mit, setzte sich in einiger Entfernung mir gegenüber, zündete sich eine Zigarette an und betrachtete mich eine Zeitlang. Dann erst begann er zu erzählen. Ich kann nicht schildern, wie er mich mit Worten marterte – was er mir alles sagte ... Immer wieder sprach er von Grace, beschrieb bildhaft die Schrecken, denen sie ausgeliefert war! Er setzte mich unbeschreiblichen seelischen Qualen aus. Jedes seiner Worte sollte mich verwunden. Nicht, daß er mich die Torturen, denen meine Frau ausgesetzt war, wirklich sehen ließ – nur ein einziges Mal machte er mich zum Zeugen ihrer Qualen. Er setzte sich einfach vor mich hin und erzählte. Ich wurde vor Haß beinah wahnsinnig. Zweimal sprang ich ihn an, jedesmal riß mich die Kette wieder auf mein Lager zurück. Einmal brachte er einen seiner Diener mit, um mich peitschen zu lassen. Aber er schien nicht die Befriedigung daraus zu ziehen, die er sich versprochen haben mochte. Ich gab keinen Laut von mir, und er ließ in der folgenden Zeit davon ab. Er zog die indirekte Folter vor.

Ich erwähnte, daß ich Grace nur noch einmal lebend gesehen habe. Ich will Ihnen erzählen, wie es dazu kam. Kara ersann immer neue Variationen der Rache. Er ließ Grace in einem Boot aufs Meer hinausrudern, bis zu einer Stelle, die ich von meinem Verliesfenster aus beobachten konnte. Dort peitschte man meine Frau vor meinen Augen mit der gleichen Peitsche, die man auch bei mir verwendet hatte. Ich möchte hier nicht schildern, was ich dabei empfand. Wie wünschte ich mir, selbst unter den Schlägen zusammenzubrechen, um die Mißhandlung meiner Frau nicht mit ansehen zu müssen. Gott, wie entsetzlich war dies alles!

In diesem Winter bekam ich Kara nicht mehr zu sehen. Wahrscheinlich war er nach England gefahren, um dort die Saison mitzumachen. Mein Felsenkeller war vor den Einflüssen der kalten Bora geschützt, und auch im strengsten Winter war die Temperatur immer erträglich.

Als Kara zurückkehrte, war er wie ein wilder Stier. Einer seiner Pläne mußte gescheitert sein, denn die Qualen, die er mir nun an Körper und Geist auferlegte, spotten jeder Beschreibung. Vor seiner Reise war er einmal wöchentlich erschienen; nun kam er täglich. Meist tauchte er am späten Nachmittag bei mir auf. Einmal jedoch erwachte ich mitten in der Nacht und sah ihn mit einer Laterne in der Hand an meinem Lager stehen, die glimmende Zigarette im Mund. Als er bemerkte, daß ich wachgeworden war, stellte er die Laterne ab und lehnte sich gegen die Wand.

›Leider muß ich Ihnen mitteilen, Lexman‹, sagte er, ›daß ich mich über die Widerstandskraft Ihrer Frau getäuscht habe. Sie ist dem Ende nahe.‹ Er wartete, aber ich antwortete nicht. ›Ich habe von Durazzo einen Arzt holen lassen, denn ich möchte nicht, daß mir Mrs. Lexman so schnell entkommt. Geschieht es dennoch, nun, dann habe ich immer noch Sie! Ja – sie stirbt langsam. Heute hat sie nicht weniger als dreimal nach Ihnen verlangt . . .‹

Ich ließ mich nicht zum Angriff auf das Ungeheuer verleiten und hatte mich so in der Gewalt, wie ich es nie für menschenmöglich gehalten hätte.

›Kara‹, sagte ich, ›was hat Ihnen meine Frau getan, daß Sie sie alle Höllenqualen ausstehen lassen?‹

›Was sie mir angetan hat?‹ wiederholte er. ›Sie hat mich vor mir selbst erniedrigt. Nie zuvor hat sich mir eine Frau versagt. Was ich haben wollte, bekam ich. Seit mich Ihre Frau demütigte, habe ich an mir selbst zweifeln gelernt. Nicht wegen gebrochenen Herzens, nein! Nie habe ich eine Frau wirklich geliebt! Nur die Leidenschaft eines Augenblicks konnte mich zu einer Frau treiben. Grace Lexman hat mir mein Selbstvertrauen zerstört! Immer, wenn ich eine große Sache in die Hand nehme, taucht die Befürchtung eines Fehlschlags auf, ähnlich dem, den ich bei ihr erlitten habe. Die Erinnerung an diese Abfuhr läßt mich schon vor Inangriffnahme meiner Pläne an ihrem Gelingen zweifeln. Ich hasse Ihre Frau und werde sie immer, solange ich lebe, hassen. Stirbt sie, dann soll sie mein Haß bis ins Grab verfolgen. Sie wird mich um einen Teil meiner Rache betrogen haben.‹ Er beugte sich vor und starrte mir haßerfüllt ins Gesicht. ›Ich könnte der König dieses Landes sein!‹ stieß er hervor. ›Wissen Sie, was das für mich bedeutet? Eine einzige Hoffnung habe ich noch, dieses Ziel zu erreichen: Ich muß Ihre Frau am Leben erhalten. Erst wenn ich sie völlig gedemütigt habe, wenn sie mich um Gnade bittet, dann, ja dann werde ich wieder der sein, der ich vorher war – der künftige König von Albanien. Vorher nicht, vorher nicht! Darum – Sie können es mir glauben – werde ich die besten ärztlichen Kräfte aufbieten, um das Leben Ihrer Frau meiner Rache zu erhalten.‹

Er verließ mich. Erst lange Zeit später sah ich ihn wieder. Einige Tage nach seinem Besuch schickte er mir die Botschaft, daß meine Frau gestorben sei.«

Lexman erhob sich von seinem Stuhl. Den Kopf gesenkt, schritt er vor seinem Pult auf und ab.

»Von jenem Augenblick an«, begann er wieder, »hatte ich nur noch ein Ziel vor Augen: Rache! Remington Kara zu strafen, war mir Lebenszweck geworden. Meine Damen und Herren! Ich habe das mir gesteckte Ziel erreicht – von dieser meiner Hand ist Kara getötet worden!«

Mit geballten Händen schlug sich John Lexman an die Brust.

»Ich war es, der ihn für seine Missetaten strafte, ich, der ihn an jenem Abend ermordete!«

Die Anwesenden waren aufgesprungen und stießen, mit einer einzigen Ausnahme, Rufe des Erstaunens aus. Der einzige, dem Johns Mitteilung keine Überraschung bedeutete, war T. X. Meredith.

Bange Minuten verstrichen, bis Lexman seinen Vortrag wieder aufnahm.

»Ich erwähnte bereits, daß Kara einen Mann namens Salvolio zu meinem persönlichen Kerkermeister bestimmt hatte. Er war, ich weiß nicht wie, aus einem Zuchthaus Italiens entflohen, wo er eine lebenslängliche Freiheitsstrafe verbüßen sollte. Jedenfalls war es ihm gelungen, mit dem Griechen zusammenzukommen, und er war von ihm aufgenommen worden. Dieser Salvolio war eine Bestie sondergleichen. So schweigsam er auch war – mit dem Messer war er rasch bei der Hand. Er hat vor meinen Augen einen seiner Leute niedergestochen, nur weil der Unglückliche mich mit mehr Brot versorgte, als von Kara angeordnet worden war. Salvolio habe ich auch die Narbe zu verdanken, die ich wohl zeitlebens behalten werde. Er hatte sich vorgenommen, in Abwesenheit seines Herrn auf eigene Faust Grausamkeiten und Quälereien zu ersinnen, die denen Karas in nichts nachstanden. Auch hinterbrachte er mir in Abständen teuflische Berichte über meine Frau. Grace hatte, um nur ein Beispiel zu nennen, stets Hunde gehaßt, und Kara schien von dieser Abneigung Kenntnis erhalten zu haben, denn er ließ vier große Doggen in ihrem Schlafzimmer anketten. Die Ketten waren gerade lang genug, daß die Bestien sie, wenn sie sich nur ein wenig von ihrem Platz bewegen wollte, erreichen konnten. Salvolio machte mir von dieser Gemeinheit höhnisch grinsend Mitteilung, und in meiner Erregung versuchte ich ihn anzugreifen. Er zog sofort sein Messer und stieß, während ich von meinen Ketten zurückgerissen wurde, nach mir. Nur einem Zufalle ist es zu verdanken, daß ich jetzt vor Ihnen sprechen kann. Kara hatte dem Schurken wahrscheinlich aufs strengste verboten, mir zu nahe zu treten, denn als der Grieche zurückkehrte und die noch unverheilte Wunde in meinem Gesicht sah, erkundigte er sich nach der Ursache. Wütend über die Eigenmächtigkeit seiner Kreatur, ließ er Salvolio in meiner Gegenwart auspeitschen. Den Haß, den dieser nun gegen mich hegte, können Sie sich kaum vorstellen.

Nach dem Tod meiner Frau reiste Kara plötzlich ab und überließ mich der Willkür Salvolios. Er mochte ihm wohl freie Hand gelassen haben, denn Salvolio begann mit einer neuen Tortur. Er setzte meine Verpflegung auf ein Mindestmaß herab. Glücklicherweise bin ich kein starker Esser, so daß ich mit der unzureichenden Nahrung anfangs noch einigermaßen auskam. Als dann aber die Rationen täglich kleiner wurden, begann mein Körper an den Folgen dieser Unterernährung zu leiden. Wer weiß, wie lange ich durchgehalten hätte, wenn nicht gerade zu jener Zeit ein Ereignis eingetreten wäre, das mein elendes Dasein völlig veränderte.

Offenbar wurde Kara nicht so bald zurückerwartet – er verbrachte wohl den Winter wiederum in London –, denn Salvolio benützte die Zeit ausgiebig, um sich nach Herzenslust zu amüsieren. Fast täglich lud er sich von Durazzo Mädchen, meist Tänzerinnen, ein, und die ausschweifenden Gelage wollten kein Ende mehr nehmen. Niemand war da, der meinen Kerkermeister an seinem tollen Treiben hätte hindern können.

In der Nacht, die ich nun schildern werde, hatten die Festlichkeiten länger als sonst gedauert. Ich sah schon den Morgen durch mein Zellenfenster dämmern, als die Tür zu meinem Verlies aufgeschlossen wurde. Es war Salvolio, der mich besuchen wollte. Er war schwer betrunken. In seiner Begleitung befand sich eine der Tänzerinnen, vor der er sich vermutlich aufspielen wollte. Das Mädchen schien sich zu fürchten, denn er mußte seine ganze Beredsamkeit aufbieten, damit sie nicht weglief. Nur widerwillig betrat sie schließlich das Gefängnis, obwohl sie Salvolios Intimitäten keinen Widerstand entgegensetzte. Sie schien doch keine Tänzerin zu sein. Meine Vermutung wurde später bestätigt, denn ich erfuhr, daß sie die Tochter eines zum Christentum übergetretenen türkischen Kaufmanns ist, der sich in Durazzo niedergelassen hatte. Salvolio hatte sie dort kennengelernt und überredet, von zu Hause wegzulaufen und zu ihm zu ziehen. Ich muß diesen Umstand erwähnen, denn ihm verdanke ich meine Rettung.

Das Mädchen versuchte also, wie ich bereits sagte, wegzulaufen, und nur mit Mühe verhinderte Salvolio diese Absicht. Er zog seine Begleiterin hinter sich her in meine Zelle und blieb, sein langes Messer in der Hand, drohend vor mir stehen. Plötzlich versetzte er mir mit seinem eisenbeschlagenen Stiefel einen Tritt gegen die Magengrube. Ich hielt der Mißhandlung stand, ohne mich zu bewegen. Während er mich beschimpfte und zum Angriff gegen sich zu reizen versuchte, sah ich in der Tür einen neuen Zeugen der Szene auftauchen.

Das Mädchen stand starr und blickte mit entsetzten Augen auf Salvolios Tun, der weiter seinen Haß an mir ausließ. Inzwischen hatte die hohe Gestalt eines weißbärtigen Türken das Verlies betreten und war langsam nähergekommen. Bei seinem Anblick schrie das Mädchen laut auf. Wortlos, mit gebieterischer Geste, zeigte der Alte auf die offene Tür. Wie ein gepeitschter Hund schlich das Mädchen hinaus. Nach dem Schrei hatte sich Salvolio umgedreht und starrte nun auf den Türken. Mit einem Satz war dieser neben ihm und begann mit ihm zu ringen. Er war einen Kopf größer als mein Kerkermeister und sicher auch kräftiger. Salvolio versuchte ihn abzuwehren, und der Türke versetzte ihm einen leichten Stoß. So schien es mir wenigstens, doch wurde ich schnell eines anderen belehrt. Unter Röcheln und Husten sank Salvolio zu Boden. Aus seiner Brust quoll ein dicker Blutstrahl. Vorsichtig wischte der Türke die Waffe am Rock des Toten ab, dann wandte er sich mir zu. ›Wer sind Sie?‹ fragte er erst auf türkisch, dann, als er merkte, daß ich diese Sprache nicht verstand, auf französisch. Ich schilderte ihm kurz meine Geschichte. Er kam näher heran und prüfte die Ketten. ›Allein hätten Sie die Freiheit nie wiedererlangt‹, meinte er. Mit dem Schlüssel, den er in Salvolios Tasche fand, öffnete er das Schloß an meinen Fesseln. Ich war frei. Da ich zu schwach war, um mich erheben zu können, half er mir auf die

Beine. Er zog eine Pistole aus seinem Gürtel und reichte sie mir. ›Vielleicht kommt Ihnen diese Waffe auf Ihrem Weg nach Durazzo zustatten.‹ Meine Knie zitterten vor Schwäche und Aufregung, als er mich ins Freie führte und die Tür des Verlieses hinter uns zuzog. Draußen wartete das Mädchen schluchzend auf uns. Erst als mein Retter einige Worte in türkischer Sprache zu ihr sagte, beruhigte sie sich. ›Meine Tochter wird uns den Weg zeigen‹, sagte der Alte. ›Ich kenne diese Gegend nicht besonders gut; sie aber weiß den Weg nur zu genau.‹

Ich will meine Geschichte nicht zu lang ausspinnen«, unterbrach Lexman die Schilderung seiner entsetzlichen Erlebnisse. »Am gleichen Tag kamen wir in Durazzo an, ohne daß jemand aus Karas Schloß uns verfolgt hätte. Der Türke brachte mich, ohne Aufsehen zu erregen, in sein Haus. Er hieß, wie ich jetzt erfuhr, Hussein Effendi. Auf Anraten seiner Verwandten beschlossen wir, da wir die Folgen der Ermordung Salvolios nicht voraussehen konnten, noch in der gleichen Nacht die Berge aufzusuchen, wo ein Bruder Husseins mit seinem Stamm hauste. Nie werde ich die nun folgenden drei Monate vergessen. Fremd und rauh wie die Stammesangehörigen erschienen mir ihre Sitten. Eines aber weiß ich bestimmt: Nie hat es einen besseren Freund gegeben als Hussein Effendi. Er versorgte mich mit den nötigen Mitteln, um Albanien verlassen zu können, er brachte mir die Nachricht, daß Kara in England weile, und er gab mir auch das Messer, mit dem er Salvolio erstochen hatte.

Von Albanien fuhr ich nach Mailand. Im Hotel, wo ich wohnte, erzählte man mir, daß im gleichen Haus ein schwerkranker Engländer liege. Es war kein erstklassiges Hotel. Wir waren die einzigen Landsleute dort, und ich hielt es für meine Pflicht, mich um den Kranken zu kümmern. Schon der erste Besuch zeigte mir, daß ich es mit einem Todeskandidaten zu tun hatte. Er kam mir bekannt vor, doch dauerte es eine ganze Weile, bis ich darauf kam, wen ich vor mir hatte. Es war George Gathercole, der Forscher. Von Südamerika hatte er die Keime der Malaria mitgebracht, die nun hier, so nahe der Heimat, zum Ausbruch gekommen war. Weder der ärztlichen Kunst noch meiner Pflege gelang es jedoch, den cholerischen und ungeduldigen Patienten zu retten. So etwas von Fluchen und Ungeduld habe ich noch nie erlebt. Tapfer muß er gewesen sein, denn aus seiner Krankheit schien er sich gar nichts zu machen. Gathercole starb am 17. Januar dieses Jahres. Auf seinen Wunsch war ich einen Tag vor seinem Tod nach Genua gefahren, um dort seine bei der Dampfergesellschaft hinterlegten Habseligkeiten abzuholen. Als er die Augen für immer geschlossen hatte, durchsuchte ich seine Papiere, um etwaige Verwandte ausfindig zu machen. Bei dieser Gelegenheit fand ich einen Brief Karas, und dieser Fund brachte mich auf den Gedanken, ihn für meinen Racheplan zu benützen. Seit meiner Befreiung hatte ich nur den einen Wunsch, den Mörder meiner Frau zu töten, und zwar so, daß man nie auf den wirklichen Täter würde schließen können. Genauso sorgfältig, wie Kara den Plan zu meinem Verderben aufgebaut hatte, wollte ich die Vergeltung vorbereiten. Das Innere seines Londoner Hauses kannte ich, und ich wußte, in welcher Furcht er vor gewissen seiner Landsleute lebte, was für Vorkehrungen er getroffen hatte und wie der Türverschluß in seinem Schlafzimmer funktionierte.

In der Brieftasche des Toten fand ich Geld, etwas über einhundert Pfund. Von dieser Summe nahm ich mir einen Teil, weil mein Geld knapp geworden war, und weil ich wußte, daß mich in London genügend Barmittel erwarteten, um dieses eigenmächtige Darlehen den Erben zurückerstatten zu können. Die persönlichen Papiere Gathercoles wie auch den Rest des Geldes händigte ich dem britischen Konsul aus und reiste, mit den Ausweisen George Gathercoles versehen, weiter. Mit dem Bart, der mir in der Gefangenschaft gewachsen war, sah ich für jemand, der den Forscher nicht genau gekannt hatte, diesem einigermaßen ähnlich. Um Kara auf meine bevorstehende Ankunft als George Gathercole vorzubereiten, sandte ich einen Artikel, den ich geschrieben hatte, an die ›Post‹. Das Material dazu fand ich in der Bibliothek des Britischen Museums. Die Zeitung druckte meine angeblichen Forschungsergebnisse ab, und ich sorgte dafür, daß der Artikel Kara zugestellt wurde. Zwischen Chelsea und Scotland Yard hatte ich mir ein Haus gemietet. Der Eigentümer wollte für drei Monate an die Riviera reisen und war froh, einen Mieter zu finden, der den hohen Betrag bar auf den Tisch legen konnte. Als nächstes ließ ich mir einige neue Anzüge anfertigen – nicht in London, sondern in Manchester, denn ich wollte vermeiden, daß meine äußere Aufmachung eruiert werden und zu meiner Identifizierung beitragen könnte. Als ich endlich alles beisammen hatte, setzte ich den Tag und die Stunde für die Ausführung der Tat fest. Ich packte alle meine Habseligkeiten in zwei große Koffer und sandte diese ins Midland Hotel, wo ich mich unter meinem eigenen Namen eintrug. Den Nachmittag verbrachte ich in der Nähe von Karas Haus und wartete, bis er herauskam und wegging. Es war das erstemal, daß ich ihn seit meiner Gefangenschaft wiedersah, und es fiel mir außerordentlich schwer, mich von einem Angriff auf ihn an Ort und Stelle zurückzuhalten. Ich beherrschte mich jedoch. Ich wartete noch eine Weile und klingelte dann an seiner Haustür. Gleich zu Beginn schon schien mein Unternehmen fehlzuschlagen, denn in dem Diener, der die Tür öffnete, erkannte ich den Strafgefangenen aus Dartmoor, der am Morgen meiner Flucht das Beamtenhaus tapeziert hatte. Ich wußte, daß ich mich nicht irren konnte, und der letzte Zweifel verschwand, als ich den Mann reden hörte. Würde er mich wiedererkennen? Es schien nicht der Fall zu sein, obwohl ich ihm dazu jede Gelegenheit gab. Ich blickte ihn starr an und befahl ihm später sogar, mich am Bart zu ziehen. Nachdem ich sicher war, daß mir von ihm keine Gefahr drohte, verließ ich das Haus wieder und ging in meine Wohnung zurück. Ich wollte meine Absicht noch an diesem Abend zur Ausführung bringen.

Als ich mich am Nachmittag vor Karas Haus herumgedrückt hatte, war mir aufgefallen, daß zwei Telefondrähte hineinführten. Ohne darüber Gewißheit zu haben, mußte ich doch annehmen, daß einer davon ein Privatanschluß war. Ich konnte mir leicht zusammenreimen, daß es sich um die direkte Verbindung mit irgendeiner Polizeibehörde handeln mußte. In seinem Palast in Albanien hatte er ja genau die gleiche Vorkehrung getroffen, um mit der Gendarmeriestation in Durazzo, unabhängig vom Telefonamt, in Kontakt treten zu können. Dies hatte mir Hussein Effendi erzählt.

Nach Einbruch der Dunkelheit beobachtete ich wieder Karas Haus. Kurz nach zehn Uhr klingelte ich. Fisher öffnete mir die Tür. Ohne mich als seinen Arbeitskollegen aus der Strafanstalt zu erkennen, teilte er mir mit, daß sich Mr. Kara bereits in sein Schlafzimmer zurückgezogen habe. Er meldete mich jedoch sogleich an und bat mich dann, ihm zu folgen. Ich hatte etwas vorbereitet, um den Diener für alle Fälle aus dem Haus zu vertreiben.

In meiner Brieftasche lag ein kurzes Schreiben, worin ich Fisher mitteilte, daß jemand über sein Vorleben unterrichtet sei und ihm den Rat gebe, so schnell wie möglich zu verduften. Als er mir nun die Treppe hinauf voranging, warf ich meinen Brief im Vorbeigehen auf den Dielentisch. In meiner Rocktasche hatte ich zwei Kerzen, die ich schon den ganzen Abend in den Händen gehalten und gepreßt hatte, bis sie weich und biegsam geworden waren. Die Verwendung dieser Kerzen war genau vorausgeplant. Nun öffnete sich vor mir Karas Schlafzimmertür, und ich stand meinem Todfeind gegenüber.«

Im Saal herrschte atemlose Stille, als Lexman mit gesenktem Haupt einen Augenblick schwieg, um sich zu sammeln. T. X. saß in seinen Stuhl zurückgelehnt, mit der einen Hand sein Gesicht umspannend. Er wandte den Kopf und beobachtete verstohlen den Polizeipräsidenten. Dieser saß, die Stirn finster gefaltet und seinen weißen Schnurrbart streichend, da und blickte Lexman starr an. Der französische Polizeichef hatte die Hände tief in die Hosentaschen vergraben. Der Italiener scharrte unruhig mit den Füßen, während O'Grady, der Amerikaner, seine erkaltete Zigarre in den Mundwinkeln hin und her schob, als könne er den Augenblick der völligen Aufklärung nicht erwarten. Nun wandte sich Lexman von neuem seinen Zuhörern zu, um den eigentlichen Tathergang zu schildern.

»Kara erhob sich vom Bett und kam mir mit ausgestreckter Hand entgegen. ›Endlich, Mr. Gathercole!‹ begrüßte er mich in seidigstem Ton. Ich erwiderte kein Wort, sondern starrte ihn nur kalt an. Endlich stand ich, Mann gegen Mann, vor meinem Peiniger. Ein einziger, fragender Blick Karas traf mich – dann erkannte er die Wahrheit. Er wollte nach dem Telefon neben seinem Bett greifen, konnte den Hörer aber nicht mehr erreichen, denn schon hatte ich mich auf ihn gestürzt. Er war in meinen Händen hilflos wie ein Kind. Alle Not, alle Qualen und Foltern, die er Grace und mich hatte erdulden lassen, die kalten Nächte ohne Schlaf, der Tod meiner Frau – all das schürte meinen maßlosen Haß und ließ nicht die kleinste Mitleidsregung in meinem Herzen aufkommen. Ich schüttelte meine Armprothese ab und warf mein Opfer aufs Bett. ›Kara –‹, flüsterte ich ihm ins Ohr, ›bereite dich auf den Tod vor! Er soll nicht so qualvoll werden, wie der meiner Frau es war, aber – sterben sollst du!‹ Er versuchte zu sprechen, seine Hände griffen wild in die Luft, aber ich hielt seine Kehle zusammengepreßt. ›Niemand wird ahnen, wer dich getötet hat, Kara! Ich töte dich ohne die geringste Furcht vor Strafe. Dein Tod wird ein Geheimnis bleiben! Man wird deine Briefe lesen, dein vergangenes Leben, deine Gemeinheiten sollen vor der Welt ausgebreitet werden, bis dein Name zu einem einzigen Fluch wird! Man wird endlich wissen, wer und was du warst!‹ Ich ließ seinen Arm einen Augenblick los, um das Messer zu ziehen und zuzustechen. Ich glaube, er war sofort tot!«

Lexman hatte die letzten Worte ruhig und entspannt gesagt.

»Ich ließ ihn, wo er lag. Ich hatte nicht viel Zeit zu verlieren. Nun nahm ich die mitgebrachten Kerzen aus der Tasche. Sie waren genügend weich, so wie ich es wünschte. Ich zog den Türriegel hoch und klemmte die kleinere der beiden Kerzen darunter, so daß sie den Riegel stützte. Es würde nicht lange dauern, das wußte ich, bis die im Zimmer herrschende Wärme das Wachs weiter nachgiebig machen und der Riegel ins Lager zurückfallen würde.

Ich hatte vorausgesetzt, daß die vermutete private Telefonleitung im Schlafzimmer installiert war. Was ich natürlich nicht ahnte, war, daß es sich um eine Direktverbindung mit Scotland Yard handelte. Und erst, als ich neben dem Apparat einen Brieföffner liegen sah, kam ich auf die Idee, die ich nun ausführte. Ich nahm ein gleichfalls dort herumliegendes Zigarettenetui, stellte es neben dem Apparat auf und legte den Brieföffner waagrecht in der Mitte darauf, und zwar so, daß das eine freie Ende sich genau unter dem Telefonhörer befand. Unter das andere freie Ende des Öffners schob ich die größere der mitgebrachten Kerzen. Das Papiermesser wurde nun also in der Mitte vom Etui und auf einer Seite von der Kerze gestützt. Die gestützte Hälfte des Messers beschwerte ich mit zwei Büchern. Wie lange es dauern würde, bis die Kerzenstütze genügend weich geworden war, um unter dem von zwei Büchern beschwerten Brieföffner nachzugeben, vermochte ich nicht vorauszusehen. Eines aber war mir klar, daß, wenn dies geschah, der Brieföffner beim Zurückkippen den Telefonhörer abheben und herunterwerfen würde. Ich nahm an, daß Fisher inzwischen meine Warnung gelesen und das Haus entweder schon verlassen hatte oder es bald verlassen würde. Er war aber noch da, denn als ich leise die Schlafzimmertür öffnete, hörte ich ihn unten in der Diele auf und ab gehen.

Ich schloß die Tür nicht gleich hinter mir, sondern unterhielt mich laut mit dem toten Kara, indem ich ihm, als Gathercole, meine ironischen Abschiedsworte zurief. So entsetzlich mich diese Unterhaltung mit einem Toten berührte, so sehr reizte mich die ganze Situation auch zum Lachen. Jetzt kam Fisher die Treppe herauf. Er hatte also meinen Brief noch nicht gefunden. Ich schloß leise hinter mir die Schlafzimmertür und trat auf den Gang hinaus. Wie lange würde es wohl dauern, bis die Kerze, die den schweren Riegel hielt, sich zusammenbog? Um mein Alibi so unangreifbar wie möglich zu machen, beschloß ich, mich mit Fisher noch ein wenig zu unterhalten. Es dauerte nicht lange, bis ich das Geräusch des fallenden Riegels hörte. Die Hitze hatte die Kerze schneller erweicht, als ich geglaubt hatte. Um ganz sicherzugehen, fragte ich Fisher, was das eben gehörte Geräusch zu bedeuten habe. Er erklärte mir die Ursache und begleitete mich bis zur Haustür. Auf dem Sloane Square fand ich ein Taxi. Unter meinem langen Mantel trug ich den Abendanzug.

Zehn Minuten später verließ ich als bartloser Abendbummler meine Wohnung. Am Victoria Bahnhof nahm ich mir einen Wagen nach Scotland Yard. Es war reiner Zufall, daß die zweite Kerze in Karas Zimmer erst dann unter der Belastung nachgab und der Telefonhörer aus der Gabel geworfen wurde, als ich mit Mr. Meredith und Inspektor Mansus in dessen Amtszimmer beisammensaß. Ich hatte allerdings keine Ahnung, daß es sich um eine Verbindung mit Scotland Yard handelte, und noch weniger konnte ich wissen, von wo der Anruf kam, bis ich Mr. Mansus' Ausruf hörte.

Das, meine Damen und Herren, ist meine Geschichte.«

Er stützte sich mit ausgestreckten Armen aufs Pult.

»Machen Sie mit mir, was Sie wollen! Kara war ein Mörder, tausendfach hat er den Tod verdient. Ich habe, was ich mir vorgenommen, ausgeführt, nicht mehr und nicht weniger! Meine Absicht war, nach vollbrachter Tat nach Amerika auszuwandern, aber je näher der Tag meiner Abreise heranrückte, um so sinnloser erschien mir mein weiteres Leben, und . . .«

Er ließ sich auf seinen Stuhl fallen.

»Ich bin zu Ende!«

»Nein! Noch nicht!«

T. X. drehte sich, wie von der Tarantel gestochen, zu Belinda Maria um, die den Ausruf getan hatte und nun, an Lexman sich wendend, weitersprach:

»Sie wissen noch nicht alles, Mr. Lexman! Kara hat auch Sie belogen!«

»Was soll das heißen?« fragte Lexman verwirrt.

Statt einer Antwort erhob sich Miss Bartholomew und ging zur Tür. Es dauerte eine ganze Weile, und als sie zurückkam, war sie nicht allein. Eine schlanke Frau von großer, ernster Schönheit begleitete sie.

»Alle guten Geister!« stieß Meredith hervor. »Ich will nie mehr eine Pfeife rauchen, wenn das nicht Grace Lexman ist!«

25

Die Gäste hatten sich von ihren Plätzen erhoben und die so lange voneinander getrennten Ehegatten allein gelassen. Miss Bartholomew hatte alle Hände voll zu tun, um die ungeduldigen Fragen, die von allen Seiten auf sie einstürmten, zu beantworten.

»Natürlich war Grace Lexman nicht gestorben«, sagte sie gerade zum soundsovielten Mal. »Kara hat John Lexman zum Narren gehalten. Genauso, wie er ihm vorlog, daß seine Frau gestorben sei, erzählte er auch ihr, daß ihr Gatte nicht mehr lebe. Kara brachte Grace Lexman aus Albanien nach England zurück und sperrte sie unter dem Haus am Cadogan Square in den Keller. Dort entdeckte ich sie.«

»Sie haben Sie im Keller entdeckt?« wiederholte der Präsident ungläubig.

Belinda Maria nickte.

»Grace und – den Hund. Sie haben ja vorhin gehört, auf welche Weise Kara die arme Frau quälte. Mit diesen meinen Händen«, erklärte sie stolz, »habe ich die Bestie erstochen! Es war scheußlich ...«

»Und seitdem wohnte Mrs. Lexman, die Totgeglaubte, bei

Ihnen?« wollte T. X. wissen. »Sollte ich deshalb die Adresse Ihrer Wohnung nicht erfahren?«

Belinda Maria zwinkerte ihm belustigt zu.

»Bedenken Sie, daß Mrs. Lexman sehr krank war, als ich sie fand. Ich wußte von Anfang an, wer den Griechen ermordet hatte. Ich konnte Ihnen nichts von Grace erzählen, ohne Lexman zu gefährden. Als er sich jedoch entschloß, seine Beichte in Form eines Vortrages abzulegen, tat ich mein möglichstes, um das große ›Geständnis‹ zu einem Erfolg werden zu lassen.«

Die Herren blickten einander an.

»Was soll nun aber aus Lexman werden?« brach Sir George das Schweigen. »Wie denken Sie über seine Beichte, T. X.? Paßt die Wirklichkeit in Ihre Theorie?«

»Vorzüglich!« versicherte Meredith. »Von Anfang an war mir klar, daß nur der Mann, den Fisher zu Kara geführt hatte, der Mörder sein konnte. Ebenso wußte ich, daß der Mörder mit Gathercole weiter nichts als einen künstlichen Arm gemeinsam hatte. Allerdings hatte der Forscher, wie mir bekannt war, einen künstlichen rechten Arm, während der Mann, der sich als Gathercole ausgab, die Prothese links trug.«

»Ach so!« meinte der Chef gedehnt. Er wandte sich seinen ausländischen Kollegen zu: »Wir müssen uns ziemlich schnell darüber klarwerden, was mit Lexman geschehen soll. Was halten Sie von der Sache, Carlneau?«

Der Franzose zuckte die Achseln.

»Ich würde mein möglichstes tun, damit der Mann begnadigt wird. Man sollte ihm sogar eine Pension zahlen!«

»Und Sie, Antonelli?« fragte Sir George den Italiener, der geschmeidig lächelte.

»Lexman hat uns eine sehr rührende Geschichte erzählt«, meinte er, ohne zu verraten, ob er sich davon habe beeinflussen lassen. »Meiner Meinung nach werden Sie, wenn Sie Lexman anklagen lassen, weiter nichts erreichen, als daß ein unerhörter Skandal entsteht.«

Sir George nickte zustimmend.

»Auch ich bin der Meinung«, erklärte als nächster der Spanier, »daß Kara nur das bekommen hat, was er verdiente. Eine Bestrafung Lexmans würde ich unter allen Umständen ablehnen.«

»Nun, nun«, ließ sich O'Grady als letzter vernehmen, »warum sollen wir uns die Köpfe heiß reden? Ich habe mir schon einmal bei einer ähnlichen Sache die Finger verbrannt. Was dich nicht brennt, das blase nicht! lautet ein altes Sprichwort, und, Sir George, ich glaube, die Sache brennt Sie nicht.«

Nachdenklich starrte dieser vor sich hin, von Belinda Maria verstohlen beobachtet. Endlich sagte er zu ihr:

»Holen Sie ihn doch herein!«

Bald kam sie mit Lexman und dessen Frau zurück. Die beiden Wiedervereinten hielten sich an den Händen und lächelten glücklich. Die Zukunft schien ihnen keine Sorgen zu bereiten.

Sir George räusperte sich.

»Mr. Lexman«, begann er, »wir danken Ihnen bestens für Ihre ausgezeichnete Schilderung, die Ihrem Schriftstellertalent die größte Ehre macht. Die Theorie, die Sie uns vorlegten, wird, soweit sie die Ermordung Karas betrifft, sicherlich zutreffen. Sie haben es ausgezeichnet verstanden«, führte er, auf jedes Wort besonderen Nachdruck legend, aus, »sich in den unbekannten Mörder Karas hineinzuversetzen. Nicht allein den Hergang der Tat haben Sie plausibel rekonstruiert, auch die für den Mörder wahrscheinlich maßgeblichen Gründe haben Sie uns überzeugend dargelegt. Wie ich schon sagte – der Aufbau Ihrer Theorie macht Ihnen alle Ehre!« Als er sah, daß Lexman ihn unterbrechen wollte, winkte er mit einer Handbewegung ab. »Bitte, warten Sie!« bat er. »Sie haben, wenn man so sagen darf, sich die Haut des Mörders übergezogen, und Sie schilderten uns mit seiner Zunge die Beweggründe zu seiner Tat. Sie sprachen so beklemmend anschaulich, daß man beinah versucht war, zu glauben, der Unbekannte befinde sich mitten unter uns. Für diese Ihnen so wunderbar gelungene Personifizierung sage ich Ihnen im Namen aller Anwesenden meinen herzlichsten Dank.«

Er richtete seine scharfen Augen unter den buschigen Brauen hervor auf die versammelten Kollegen, und wie auf Kommando ließ sich ein beifälliges Murmeln vernehmen.

Brüsk wandte sich Sir George von den andern ab und blickte auf seine Uhr.

»Ich habe es eilig«, sagte er. Mit herzlicher Gebärde streckte er dem verblüfften Lexman die Hand hin. »Viel Glück, Freund Lexman! Eines schönen Tages werde ich Sie in Beston Tracey überfallen. Hoffentlich werfen Sie dann den ungebetenen Gast nicht hinaus! Leben Sie wohl, Mrs. Lexman –«, verabschiedete er sich von Grace, »vielleicht bekommen wir dann eine schönere Geschichte von Ihrem Gatten zu hören, als die heutige es war.«

An der Tür drehte er sich noch einmal um.

»Apropos, Lexman – ich glaube nicht, daß es sinnvoll wäre, die Geschichte, die Sie uns heute erzählten, in einem Kriminalroman zu verwerten. Meinen Sie nicht auch?«

Lexman blickte Sir George mit großen Augen an.

»Darauf können Sie sich verlassen, Sir George! Wenn der Roman ›Die gebogene Kerze‹ wirklich einmal geschrieben werden sollte – dann bin bestimmt nicht ich der Verfasser!«

(11501) DM 9,80

(11502) DM 9,80

(11503) DM 9,80

(11504) DM 8,80

(11505) DM 12,80

(11239) DM 9,80

(6952) DM 9,80

(6953) DM 9,80

(6954) DM 7,80

Edgar Wallace

Alle Wallace-Krimis auf einen Blick

Die Abenteuerin.
(164) DM 4,80
A.S. der Unsichtbare.
(126) DM 4,80
Die Bande des Schreckens.
(11) DM 4,80
Der Banknotenfälscher.
(67) DM 4,80
Bei den drei Eichen.
(100) DM 4,80
Die blaue Hand.
(6) DM 4,80
Der Brigant.
(111) DM 4,80
Der Derbysieger.
(242) DM 4,80
Der Diamantenfluß.
(16) DM 4,80
Der Dieb in der Nacht.
(1060) DM 3,80
Der Doppelgänger.
(95) DM 4,80
Die drei Gerechten.
(1170) DM 4,—
Die drei von Cordova.
(160) DM 4,80
Der Engel des Schreckens.
(136) DM 3,80
Feuer im Schloß.
(1063) DM 3,80
Der Frosch mit der Maske.
(1) DM 5,80
Gangster in London.
(178) DM 5,80
Das Gasthaus an der Themse.
(88) DM 3,80
Die gebogene Kerze.
(169) DM 3,80
Geheimagent Nr. sechs.
(236) DM 4,80
Das Geheimnis der gelben Narzissen.
(37) DM 4,80
Das Geheimnis der Stecknadel.
(173) DM 4,80
Das geheimnisvolle Haus.
(113) DM 4,80
Die gelbe Schlange.
(33) DM 4,80
Ein gerissener Kerl.
(28) DM 4,80
Das Gesetz der Vier.
(230) DM 4,80
Das Gesicht im Dunkel.
(139) DM 4,80
Im Banne des Unheimlichen
(117) DM 5,80

In den Tod geschickt.
(252) DM 3,80
Das indische Tuch.
(189) DM 4,80
John Flack.
(51) DM 4,80
Der Joker.
(159) DM 4,80
Das Juwel aus Paris.
(2128) DM 3,80
Kerry kauft London.
(215) DM 4,80
Der leuchtende Schlüssel.
(91) DM 4,80
Lotterie des Todes.
(1098) DM 3,80
Louba, der Spieler.
(163) DM 4,80
Der Mann, der alles wußte.
(86) DM 4,80
Der Mann, der seinen Namen änderte.
(1194) DM 3,80
Der Mann im Hintergrund.
(1155) DM 4,—
Der Mann aus Marokko.
(124) DM 4,80
Die Melodie des Todes.
(207) DM 3,80
Die Millionengeschichte.
(194) DM 3,80
Mr. Reeder weiß Bescheid.
(1114) DM 3,80
Nach Norden, Strolch!
(221) DM 4,80
Neues vom Hexer.
(103) DM 4,80
Penelope von der »Polyantha«.
(211) DM 3,80
Der goldene Hades.
(226) DM 3,80
Die Gräfin von Ascot.
(1071) DM 3,80
Großfuß.
(65) DM 4,80
Der grüne Bogenschütze.
(150) DM 4,80
Der grüne Brand.
(1020) DM 4,80
Gucumatz.
(248) DM 4,80
Hands up!
(13) DM 4,80
Der Hexer.
(30) DM 4,80
Der Preller.
(116) DM 4,80
Der Rächer.
(60) DM 4,80

Der Redner.
(183) DM 4,80
Richter Maxells Verbrechen.
(41) DM 3,80
Der rote Kreis.
(35) DM 4,80
Der Safe mit dem Rätselschloß.
(47) DM 4,80
Die Schuld des Anderen.
(1055) DM 3,80
Der schwarze Abt.
(69) DM 4,80
Der sechste Sinn des Mr. Reeder.
(77) DM 4,80
Die seltsame Gräfin.
(49) DM 4,80
Der sentimentale Mr. Simpson.
(1214) DM 4,80
Das silberne Dreieck.
(154) DM 4,80
Das Steckenpferd des alten Derrick.
(97) DM 4,80
Der Teufel von Tidal Basin.
(80) DM 3,80
Töchter der Nacht.
(1106) DM 4,80
Die toten Augen von London.
(161) DM 3,80
Die Tür mit den 7 Schlössern.
(21) DM 4,80
Turfschwindel.
(155) DM 4,—
Überfallkommando.
(75) DM 4,80
Der Unheimliche.
(55) DM 4,80
Die unheimlichen Briefe.
(1139) DM 4,80
Der unheimliche Mönch.
(203) DM 4,80
Das Verrätertor.
(45) DM 4,80
Der viereckige Smaragd.
(195) DM 4,80
Die vier Gerechten.
(39) DM 4,80
Zimmer 13.
(44) DM 4,80
Der Zinker.
(200) DM 3,80

Freeling, Nicolas
Castangs Stadt.
(5221) DM 5,80
Die Formel.
(5213) DM 6,80
Inspektor Van der Valks Witwe.
(4897) DM 5,80
Der schwarze Rolls-Royce.
(5206) DM 5,80

Gores, Joe
Dashiell Hammetts letzter Fall.
(4801) DM 4,80
Der Killer in dir.
(4838) DM 4,80

Hare, Cyril
Erschlagen bei den Eiben.
(4774) DM 3,80
Er hätte später sterben sollen.
(4782) DM 3,80

Hill, Reginald
Noch ein Tod in Venedig.
(5219) DM 4,80
Das Rio-Papier u.a. Kriminalgeschichten.
(5216) DM 5,80
Der Calliope-Club.
(4836) DM 5,80

Hughes, Dorothy B.
Wo kein Zeuge lauscht.
(5210) DM 4,80

Maling, Arthur
Zuletzt gesehen...
(5201) DM 6,80

Neely, Richard
Der Attentäter.
(4556) DM 4,–
Lauter Lügen.
(4816) DM 4,80
Schwarzer Vogel über der Brandung.
(4748) DM 4,80
Flucht in die Hölle.
(4866) DM 4,80
Die Nacht der schwarzen Träume.
(4778) DM 4,80
Das letzte Sayonara.
(5208) DM 6,80

Ruhm, Herbert (Hrsg.)
Die besten Stories aus dem weltberühmten »Black Mask Magazine«
(4818) DM 6,80

Simon, Roger L.
Die Peking-Ente.
(5202) DM 4,80

Swarthout, Glendon
Das Wahrheitsspiel.
(5218) DM 6,80

Symons, Julian
Der Fall Adelaide Bartlett.
(5220) DM 6,80
Am Ende war alles umsonst.
(4773) DM 4,80
Roulett der Träume.
(4792) DM 4,80
Damals tödlich.
(4855) DM 5,80

Taibo II., Francisco J.
Die Zeit der Mörder.
(5222) DM 4,80

Tynan, Kathleen
Agatha.
(5204) DM 5,80

Weverka, Robert
Mord an der Themse.
(5211) DM 4,80

Action-Krimi

Charles, Robert
Sechs Stunden nach dem Mord.
(4760) DM 3,80

Copper, Basil
Mord ersten Grades.
(5408) DM 4,80
Geld spielt (k)eine Rolle.
(5410) DM 4,80

Crowe, John
Ein Weg von Mord zu Mord.
(4766) DM 4,80

Crumley, James
Der letzte echte Kuß.
(5414) DM 5,80

Downing, Warwick
...Zahn um Zahn.
(4747) DM 3,80

Faust, Ron
Der Skilift-Killer.
(4832) DM 3,80

Fish, Robert L.
Die Insel der Schlangen.
(5426) DM 4,80
Ein Kopf für den Minister.
(5415) DM 4,80

Gores, Joe
Überfällig.
(5419) DM 5,80
Zur Kasse, Mörder!
(5418) DM 4,80

Hallahan, William H.
Ein Fall für Diplomaten.
(4823) DM 5,80

Hamill, Pete
Ich klau' dir eine Bank.
(5413) DM 4,80
Jeder kann ein Mörder sein.
(5417) DM 4,80

Harrington, William
Scorpio 5.
(4739) DM 4,80

Hubert, Tord
Wenn der Damm bricht.
(4828) DM 4,80

Irvine, R.R.
Der Katzenmörder.
(4745) DM 3,80
Bomben auf Kanal 3.
(4850) DM 4,80

Israel, Peter
Der Trip nach Amsterdam.
(4876) DM 3,80

Jobson, Hamilton
Ein bißchen sterben.
(4888) DM 3,80
Kontrakt mit dem Killer.
(4755) DM 3,80
Richtet mich morgen.
(4808) DM 3,80

Jones, Elwyn
Chefinspektor Barlow in Australien.
(4862) DM 3,80

Kyle, Duncan
Todesfalle Camp 100.
(5402) DM 5,80

Lacy, Ed
Mord auf Kanal 12.
(5422) DM 4,80
Verdammter Bulle.
(5416) DM 4,80
Zahlbar in Mord.
(5406) DM 4,80
Geheimauftrag Harlem.
(5404) DM 5,80

Lecomber, Brian
Schmuggelfracht nach Puerto Rico.
(4861) DM 5,80

MacDonald, John D.
Die mexikanische Heirat.
(5420) DM 4,80

MacKenzie, Donald
Nicht nur Schnappschüsse.
(5425) DM 5,80

Martin, Ian Kennedy
Regan und das Geschäft des Jahrhunderts.
(4834) DM 3,80

Marshall, William
Bombengrüße aus Hongkong.
(4738) DM 3,80
Dünne Luft.
(4722) DM 4,80
Das Skelett auf dem Floß.
(5403) DM 4,80

Pronzini, Bill / Malzberg, Barry
Jagt die Bestie!
(5423) DM 5,80

Rifkin, Shepard
Die Schneeschlange.
(4863) DM 3,80

Ross, Sam
Der gelbe Jaguar.
(5411) DM 4,80

Simon, Roger L.
Das Geschäft mit der Macht.
(4874) DM 3,80
Hecht unter Haien.
(4880) DM 3,80

Stein, Aaron Marc
Der Kälte-Faktor.
(4841) DM 3,80
Unterwegs in den Tod.
(4835) DM 4,80
Auftrag mit heißen Kurven.
(5412) DM 4,80

Straker, J.F.
Mord unter Brüdern.
(4870) DM 4,80

Topor, Tom
Verblichener Ruhm.
(5424) DM 5,80

Wainwright, John
Joey.
(4810) DM 3,80
Requiem für einen Verlierer.
(4733) DM 3,80
Gutschein für Mord.
(4848) DM 4,80
Nachts stirbt man schneller.
(5407) DM 4,80

Waugh, Hillary
Fünf Jahre später.
(4875) DM 3,80

Way, Peter
Der tödliche Irrtum.
(5421) DM 4,80

Weverka, Robert
Mord an der Themse.
(5409) DM 4,80

Wilcox, Collin
Der tödliche Biß.
(5401) DM 4,80
Das dritte Opfer.
(4689) DM 4,80
Der Profi-Killer.
(5405) DM 4,80

Wilcox, Collin / Pronzini, Bill
Montag mittag San Francisco.
(4884) DM 5,80

Wren, M.K.
Gewiß ist nur der Tod.
(4839) DM 4,80

Rote Krimi

Bagby, George
Ein Goldfisch unter Haien.
(4768) DM 3,80
Die schöne Geisel.
(4853) DM 3,80
Toter mit Empfehlungs schreiben.
(4864) DM 3,80

Beare, George
Die teuerste Rose.
(4843) DM 3,80

Blake, Nicholas
Das Biest.
(4889) DM 4,80

Brett, Simon
Generalprobe für Mord.
(4826) DM 3,80

Bunn, Thomas
Leiche im Keller.
(4846) DM 5,80

Carmichael, Harry
Liebe, Mord und falsche Zeugen.
(4847) DM 4,80
Der Tod zählt bis drei.
(4785) DM 3,80

Christie, Agatha
Alibi.
(12) DM 4,80
Dreizehn bei Tisch.
(66) DM 4,80
Das Geheimnis von Sittaford.
(73) DM 4,80
Das Haus an der Düne.
(98) DM 4,80
Mord auf dem Golfplatz.
(9) DM 4,80
Nikotin.
(64) DM 4,80
Der rote Kimono.
(62) DM 4,80
Ein Schritt ins Leere.
(70) DM 4,80
Tod in den Wolken.
(4) DM 4,80

Dolson, Hildegarde
Schönheitsschlaf mit Dauerwirkung.
(4825) DM 4,80

Durbridge, Francis
Der Andere.
(3142) DM 3,80
Die Brille.
(2287) DM 4,80
Charlie war mein Freund.
(3027) DM 4,—
Es ist soweit.
(3206) DM 4,80
Das Halstuch.
(3175) DM 4,—
Im Schatten von Soho.
(3218) DM 4,—
Keiner kennt Curzon.
(4225) DM 4,—
Das Kennwort.
(2266) DM 4,—
Kommt Zeit, kommt Mord.
(3140) DM 4,—
Ein Mann namens Harry Brent.
(4035) DM 3,80
Melissa.
(3073) DM 4,—
Mr. Rossiter empfiehlt sich.
(3182) DM 4,80
Paul Temple — Banküberfall in Harkdale.
(4052) DM 3,80
Paul Temple — Der Fall Kelby.
(4039) DM 3,—
Paul Temple jagt Rex.
(3198) DM 4,80
Paul Temple und die Schlagzeilenmänner.
(3190) DM 4,80
Der Schlüssel.
(3166) DM 4,80
Die Schuhe.
(2277) DM 4,80
Der Siegelring.
(3087) DM 4,—
Tim Frazer
(3064) DM 3,80
Tim Frazer und der Fall Salinger.
(3132) DM 4,80
Wie ein Blitz.
(4205) DM 3,—
Tim Frazer weiß Bescheid.
(4871) DM 4,80
Die Kette.
(4788) DM 4,80
Zu jung zum Sterben.
(4157) DM 3,—

Fleming, Joan
Das Haus am Ende der Straße.
(4814) DM 3,80

Fletcher, Lucille
Taxi nach Stamford.
(4723) DM 3,80

Francis, Dick
Der Trick, den keiner kannte.
(4804) DM 4,80
Die letzte Hürde.
(4780) DM 4,80

Gardner, Erle Stanley (A.A. Fair)
Alles oder nichts.
(4117) DM 4,80
Der dunkle Punkt.
(3039) DM 4,80
Goldaktien.
(4789) DM 4,80
Die goldgelbe Tür.
(3050) DM 4,—

Heiße Tage auf Hawaii.
(3106) DM 4,80
Im Mittelpunkt Yvonne.
(4749) DM 4,80
Kleine Fische zählen nicht.
(4802) DM 4,80
Lockvögel.
(3114) DM 4,80
Per Saldo Mord.
(3121) DM 4,—
Ein schwarzer Vogel.
(2267) DM 4,—
Der schweigende Mund.
(2259) DM 5,80
Ein pikanter Köder.
(3129) DM 3,80
Sein erster Fall.
(2291) DM 4,—
Treffpunkt Las Vegas.
(3023) DM 4,80
Wo Licht im Wege steht.
(3048) DM 4,—
Der zweite Buddha.
(3083) DM 4,80
Das volle Risiko.
(4852) DM 4,80
Die Pfotenspur.
(4309) DM 4,—

Gilbert, Michael
Geliebt, gefeiert und getötet.
(4911) DM 5,80
Das leere Haus.
(4868) DM 4,80

Goodis, David
Schüsse auf den Pianisten.
(4894) DM 4,80

Gordons, The
Letzter Brief an Cathy.
(4898) DM 5,80
Beeile dich zu leben.
(4765) DM 4,80
FBI-Aktien.
(2260) DM 4,80
FBI-Aktion »Schwarzer Kater«.
(4661) DM 3,—
FBI-Auftrag.
(3053) DM 3,—
Feuerprobe.
(4670) DM 4,—
Geheimauftrag für Kater D.C.
(3072) DM 3,—
Der letzte Zug.
(3074) DM 4,80

Gunn, Victor
Das achte Messer.
(201) DM 4,80
Auf eigene Faust.
(162) DM 4,—
Die Erpresser.
(148) DM 4,80
Das Geheimnis der Borgia-Skulptur.
(205) DM 4,—
Die geheimnisvolle Blondine.
(1232) DM 4,-
Gelächter in der Nacht.
(175) DM 4,—
Gute Erholung, Inspektor Cromwell.
(1137) DM 4,—
Im Nebel verschwunden.
(140) DM 4,80
In blinder Panik.
(1104) DM 4,—
Inspektor Cromwell ärgert sich.
(2036) DM 4,—
Inspektor Cromwells großer Tag.
(143) DM 4,—
Inspektor Cromwells Trick.
(294) DM 4,—
Die Lady mit der Peitsche.
(261) DM 4,80
Lord Bassingtons Geheimnis.
(3028) DM 3,—
Der Mann im Regenmantel.
(2093) DM 4,—
Der rächende Zufall.
(186) DM 4,—
Das rote Haar.
(1289) DM 4,—
Roter Fingerhut.
(267) DM 4,—
Schrei vor der Tür.
(2155) DM 4,—
Schritte des Todes.
(3049) DM 4,80
Die seltsame Idee der Mrs. Scott.
(1122) DM 4,—
Spuren im Schnee.
(147) DM 4,—
Der Tod hat eine Chance.
(166) DM 4,—
Tod im Moor.
(1083) DM 3,80
Die Treppe zum Nichts.
(193) DM 4,—
Der vertauschte Koffer.
(216) DM 4,80
Der vornehme Mörder.
(3062) DM 4,—
Was wußte Molly Liskern?
(1205) DM 4 —
Das Wirtshaus von Dartmoor.
(4772) DM 4,80
Wo waren Sie heute nacht?
(1012) DM 4,—
Die Rosenblätter.
(284) DM 4,80
Zwischenfall auf dem Trafalgar Square.
(254) DM 4,—

Healey, Ben
Letzte Fähre nach Venedig.
(4914) DM 4,80

Hensley, Joe L.
Giftiger Sommer.
(4869) DM 3,80

Hill, Peter
Mord im kleinen Kreis.
(4824) DM 3,80

Howard, Hartley
Der große Fischzug.
(4887) DM 4,80
Jenseits der Tür.
(4649) DM 4,80
Einmal fängt jeder an.
(4777) DM 3,80
One-Way Ticket.
(4813) DM 3,80
Der Abschiedsbrief.
(4890) DM 4,80
Der Teufel sorgt für die Seinen.
(4759) DM 4,80
Keine kleine Nachtmusik.
(4783) DM 3,80
Fünf Stunden Todesangst.
(4867) DM 3,80
Fahrkarte ins Jenseits.
(4730) DM 4,80
Nackt, mit heiler Haut.
(4715) DM 4,80

Hughes, Dorothy B.
Der Tod tanzt auf den Straßen.
(4900) DM 4,80

Knox, Bill
Frachtbetrug.
(4909) DM 4,80
Zwischenfall auf Island.
(4899) DM 4,80
Tödliche Fracht.
(4906) DM 4,80
Whisky macht das Kraut nicht fett.
(4873) DM 4,80
Gestrandet vor der Bucht.
(4842) DM 3,80

Law, Janice
Zwillings-Trip.
(4817) DM 3,80

Lewis, Roy
Morgen wird abgerechnet.
(4856) DM 3,80
Nichts als Füchse.
(4761) DM 3,80

Lockridge, F.R.
Lautlos wie ein Pfeil.
(4051) DM 3,80
Schluß der Vorstellung.
(4750) DM 4,80
Sieben Leben hat die Katze.
(4820) DM 4,80

Lutz, John
Augen auf beim Kauf.
(4803) DM 3,80

MacKenzie, Donald
Der Fall Kerouac.
(4901) DM 4,80
Notizbuch der Angst.
(4883) DM 3,80
Die tödliche Lektion.
(4822) DM 3,80

Maling, Arthur
Eine Aktie auf den Tod.
(4807) DM 4,80
Manipulationen.
(4854) DM 4,80

Marsh, Ngaio
Der Tod im Frack.
(4908) DM 6,80
Mylord mordet nicht.
(4910) DM 6,80
Fällt er in den Graben, fällt er in den Sumpf.
(4912) DM 5,80
Ouvertüre zum Tod.
(4902) DM 5,80
Tod im Pub.
(4904) DM 5,80

Martin, Robert
Gute Nacht und süße Träume.
(4764) DM 4,80

Nielsen, Helen
Ein folgenschwerer Freispruch.
(4885) DM 4,80

Ormerod, Roger
Blick auf den Tod.
(4819) DM 3,80

Postgate, Raymond
Das Urteil der Zwölf.
(4896) DM 4,80

Roberts, Willo Davis
Tatmotiv: Angst.
(4776) DM 3,80

Roffman, Ian
Trauerkranz mit Liebesgruß.
(4881) DM 4,80

Sayers, Dorothy
Es geschah im Bellona-Klub.
(3067) DM 4,80
Geheimnisvolles Gift.
(3068) DM 4,80
Mord braucht Reklame.
(3066) DM 4,80

Siller, Hilda van
Der Bermuda-Mord.
(4734) DM 3,80
Das Ferngespräch.
(4758) DM 4,80
Ein fairer Prozeß.
(4635) DM 3,80
Ein Familienkonflikt.
(4767) DM 3,80
Der Hilfeschrei.
(4702) DM 3,80
Küß mich und stirb.
(4743) DM 3,80
Die Mörderin.
(4720) DM 3,80
Pauls Apartment.
(4725) DM 3,80
Die schöne Lügnerin.
(4621) DM 3,80
Niemand kennt Mallory.
(4751) DM 3,80

Smith, Charles Merrill
Reverend Randollph und der Racheengel.
(4860) DM 4,80
Die Gnade GmbH.
(4905) DM 5,80

Stout, Rex
Die Champagnerparty.
(4062) DM 4,—
Gambit.
(4038) DM 4,—
Gast im dritten Stock.
(2284) DM 4,—
Das Geheimnis der Bergkatze.
(3052) DM 4,—
Gift à la carte.
(4349) DM DM 4,—
Die goldenen Spinnen.
(3031) DM 4,—
Morde jetzt — zahle später.
(3124) DM 4,—
Orchideen für sechzehn Mädchen.
(3002) DM 4,—
P.H. antwortet nicht.
(3024) DM 4,—
Das Plagiat.
(3108) DM 4,80
Der rote Bulle.
(2269) DM 4,—
Der Schein trügt.
(3300) DM 4,—
Vor Mitternacht.
(4048) DM 4,—
Per Adresse Mörder X.
(4389) DM 4,80
Zu viele Klienten.
(3290) DM 4,—
Zu viele Köche.
(2262) DM 4,—
Das zweite Geständnis.
(4056) DM 4,—
Wenn Licht ins Dunkle fällt.
(4358) DM 4,—

Truman, Margaret
Mord im Weißen Haus.
(4907) DM 5,80

Upfield, Arthur W.
Bony stellt eine Falle.
(1168) DM 4,—
Bony übernimmt den Fall.
(2031) DM 4,80
Bony und der Bumerang.
(2215) DM 4,—
Bony und die Maus.
(1011) DM 4,80
Bony und die schwarze Jungfrau.
(1074) DM 4,—
Bony und die Todesotter.
(2088) DM 4,—
Bony und die weiße Wilde.
(1135) DM 4,—
Bony wird verhaftet.
(1281) DM 4,80
Fremde sind unerwünscht.
(1230) DM 4,—
Gefahr für Bony.
(2289) DM 4,—
Die Giftvilla.
(180) DM 4,80
Ein glücklicher Zufall.
(1044) DM 4,80
Die Junggesellen von Broken Hill.
(241) DM 4,80
Der Kopf im Netz.
(167) DM 4,80
Die Leute von nebenan.
(198) DM 4,80
Mr. Jellys Geheimnis.
(2141) DM 4,—
Der neue Schuh.
(219) DM 4,80
Der schwarze Brunnen.
(224) DM 4,—
Der streitbare Prophet.
(232) DM 4,80
Todeszauber.
(2111) DM 4,—
Viermal bei Neumond.
(4756) DM 4,80
Wer war der zweite Mann?
(1208) DM 4,—
Die Witwen von Broome.
(142) DM 4,80
Bony kauft eine Frau.
(4781) DM 3,80

Wainwright, John
Gehirnwäsche.
(4903) DM 4,80

Wallace, Penelope
Toter Erbe — guter Erbe.
● (4893) DM 3,80
Das Geheimnis des schlafwandelnden Affen.
● (4849) DM 3,80

Weinert-Wilton, Louis
Die chinesische Nelke.
(53) DM 5,80
Der Drudenfuß.
(233) DM 4,80
Die Königin der Nacht.
(281) DM 4,80
Der Panther.
(5) DM 4,80
Der schwarze Meilenstein.
(4741) DM 4,80
Der Teppich des Grauens.
(106) DM 4,80
Die weiße Spinne.
(2) DM 4,80

Woods, Sara
Kommt nun zum Spruch.
(4913) DM 4,80
Der Mörder tritt ab.
(4878) DM 4,80
Verrat mit Mord garniert.
(4882) DM 4,80
Ein Dieb oder zwei.
(4784) DM 4,80